El Sunset Limited

CORMAC McCARTHY

El Sunset Limited

Traducción de Luis Murillo Fort

RANDOM HOUSE

Papel certificado por el Forest Stewardship Council®

MIXTO
Papel | Apoyando la silvicultura responsable
FSC® C117695

Penguin Random House Grupo Editorial

Título original: *The Sunset Limited*

Primera edición con esta encuadernación: junio de 2024

Printed in Spain – Impreso en España

ISBN: 978-84-397-4446-7
Depósito legal: B-7.098-2024

Compuesto en La Nueva Edimac, S. L.

Impreso en Liber Digital, S. L.
Casarrubuelos (Madrid)

RH44467

Una habitación en un bloque de pisos de un gueto negro de Nueva York. Hay una cocina con sus fogones y un frigorífico grande. Una puerta que da al pasillo exterior y otra, presumiblemente, a un dormitorio. La puerta del pasillo está provista de una extravagante colección de cerraduras y barras de seguridad. Hay en la habitación una mesa barata de formica y dos sillas de plástico con patas cromadas. La mesa tiene un cajón. Encima de la mesa hay una biblia y un periódico. Unas gafas. Un bloc y un lápiz. En una de las sillas (lado derecho del escenario) está sentado un hombre negro corpulento y en la otra un hombre blanco de mediana edad con pantalón de chándal y zapatillas de deporte. Luce una camiseta, y la parte de arriba del chándal –que hace juego con el pantalón– está puesta sobre el respaldo de su silla.

NEGRO: Bueno, profesor, y ahora ¿qué hago con usted?

BLANCO: ¿Por qué habría de hacer nada?

NEGRO: Ya se lo he dicho, hombre. A mí que me registren. Esta mañana cuando he salido de aquí para ir al curro usted no entraba en mis planes. Y ya ve.

BLANCO: Eso no significa nada. Lo que sucede no necesariamente ha de tener otro significado.

NEGRO: Mm-mm. No, ¿eh?

BLANCO: No.

NEGRO: ¿Y qué significa entonces?

BLANCO: No significa nada. Uno se cruza con gente, puede que algunos estén en un aprieto o lo que sea, pero eso no quiere decir que deba sentirse responsable de ellos.

NEGRO: Mm-mm.

BLANCO: Además, la gente que siempre anda fijándose en desconocidos suele ser la que nunca se fija en aquel en quien debería fijarse. O así lo veo yo. Si uno se limita a hacer lo que se supone que debe hacer, nunca se convierte en héroe.

NEGRO: Se refiere a mí, ¿eh?

BLANCO: No sé. ¿Sí?

NEGRO: Bueno, no le niego que lo que dice tiene su punto de verdad. Pero volviendo a lo nuestro, yo ni idea de la clase de persona en la que tenía que fijarme ni qué se suponía que iba a hacer cuando la encontrara. En este caso solo había una forma de actuar.

BLANCO: ¿Cuál?

NEGRO: Hombre, veo allí un tipo y pienso: Vale, no puedo decir que parezca un hermano, pero ahí está. Qué tal si le miro otra vez.

BLANCO: Ah. Y eso ha hecho.

NEGRO: Bueno, cualquiera le habría mirado. Déjeme que le diga que ha sido usted bastante directo.

BLANCO: ¿Cómo que directo? Yo no he dicho nada. Ni siquiera le he visto.

NEGRO: Mm-mm.

BLANCO: Será mejor que me marche. Estoy empezando a ponerle nervioso.

NEGRO: Qué va. No me haga caso. Parece un buen tipo, profesor. Será que no entiendo cómo ha podido meterse en semejante lío.

BLANCO: Ya.

NEGRO: ¿Se encuentra bien? ¿Anoche durmió?

BLANCO: No.

NEGRO: ¿Y cuándo decidió que tocaba hacerlo hoy? ¿Es un día especial?

BLANCO: No. Bueno, hoy cumplo años. Pero no lo considero un día especial en absoluto.

NEGRO: Pues cumpleaños feliz, profesor.

BLANCO: Gracias.

NEGRO: O sea que vio que se acercaba su cumpleaños y pensó que quizá era un buen día.

BLANCO: No sé. Quizá es que los cumpleaños son peligrosos. Como la Navidad. Adornos colgando de los árboles, guirnaldas colgando de las puertas, cadáveres colgando de tubos de calefacción a lo largo y ancho de todo el país...

NEGRO: Mm-mm. Eso no dice mucho de la Navidad, desde luego.

BLANCO: La Navidad ya no es lo que era.

NEGRO: Yo diría que ahí ha dado en el clavo, sí señor.

BLANCO: Tengo que irme.

Se levanta. Coge la chaqueta del respaldo de la silla y se la pone sobre los hombros, y luego introduce ambos brazos en las mangas en lugar de meter primero un brazo y después el otro.

NEGRO: ¿Siempre se pone la chaqueta así?

BLANCO: ¿Le parece mal cómo me pongo la chaqueta?

NEGRO: No he dicho que me pareciera mal. Pensaba si era su método habitual, nada más.

BLANCO: No tengo un método habitual. Simplemente me la pongo.

NEGRO: Mm-mm.

BLANCO: ¿Qué? ¿Le parece afeminado o algo así?

NEGRO: Mm-mm.

BLANCO: ¿Qué pasa?

NEGRO: No pasa nada. Estoy aquí sentadito observando cómo hacen las cosas los profes.

BLANCO: Vale, muy bien. Pero tengo que irme.

El negro se pone de pie.

NEGRO: Bueno, voy a por la chaqueta.

BLANCO: ¿La chaqueta?

NEGRO: Sí.

BLANCO: ¿Adónde va?

NEGRO: Le acompaño.

BLANCO: ¿Cómo que me acompaña? ¿Adónde?

NEGRO: Adonde vaya usted.

BLANCO: Ni hablar.

NEGRO: Eso lo veremos.

BLANCO: Yo voy a mi casa.

NEGRO: Muy bien.

BLANCO: ¿Muy bien? Usted no se viene a casa conmigo.

NEGRO: Vaya que no. Espere que cojo la chaqueta.

BLANCO: No puede venir a mi casa.

NEGRO: ¿Por qué?

BLANCO: Porque no.

NEGRO: Esta sí que es buena. ¿Usted puede venir a mi casa y yo no puedo acompañarlo a la suya?

BLANCO: No. Quiero decir, no se trata de eso. Necesito ir a mi casa y punto.

NEGRO: ¿Vive en un piso?

BLANCO: Sí.

NEGRO: Y qué pasa, ¿no dejan entrar negros en el edificio?

BLANCO: No. Quiero decir, claro que dejan. Mire, basta de bromas. Tengo que irme. Estoy muy cansado.

NEGRO: Bueno, espero que no se arme ningún follón porque entre yo en el edificio.

BLANCO: Habla en serio.

NEGRO: Yo diría que usted sabe que sí.

BLANCO: No puede estar hablando en serio.

NEGRO: Por mis muertos que sí.

BLANCO: ¿Por qué lo hace?

NEGRO: ¿Yo? ¿Y qué quiere que haga? No tengo elección.

BLANCO: Claro que la tiene.

NEGRO: Que no.

BLANCO: ¿Quién ha dicho que sea mi ángel de la guardia?

NEGRO: Voy a por la chaqueta.

BLANCO: Le he hecho una pregunta.

NEGRO: La respuesta ya la sabe. Yo no le he pedido que saltara a mis brazos esta mañana en el metro.

BLANCO: Yo no he saltado a sus brazos.

NEGRO: Ah, ¿no?

BLANCO: No.

NEGRO: ¿Y cómo fue a parar ahí, entonces?

El profesor permanece de pie, cabizbajo. Mira la silla y luego da media vuelta y se sienta.

NEGRO: ¿Qué? ¿Ahora no nos vamos?
BLANCO: ¿De verdad piensa que Jesús está en esta habitación?
NEGRO: No es que lo piense.
BLANCO: Ah, ¿no?
NEGRO: Yo sé que está en la habitación.

El profesor junta las manos sobre la mesa y baja la cabeza. El negro retira la otra silla y se sienta otra vez.

NEGRO: Es la manera de decirlo, profesor. Como si yo le preguntara si piensa que lleva puesta la chaqueta. ¿Me entiende?
BLANCO: No es lo mismo. Hay un acuerdo tácito. Si usted y yo decimos que llevo puesta la chaqueta y Cecil dice que yo estoy desnudo y que tengo rabo y la piel verde, quizá deberíamos ir pensando en dónde meter a Cecil para que no acabe mal.
NEGRO: ¿Quién es Cecil?
BLANCO: No es nadie. Solo un hipotético... No hay ningún Cecil. No es más que una persona que he inventado para ilustrar mis palabras.
NEGRO: Que ha inventado...
BLANCO: Sí.
NEGRO: Mm-mm.
BLANCO: No empecemos otra vez, ¿eh? No es lo mismo. Que yo me haya inventado a Cecil.
NEGRO: Pero se lo ha inventado. ¿O no?
BLANCO: Sí.
NEGRO: Y la opinión de Cecil no cuenta.
BLANCO: Así es. Por eso me lo he inventado. Podría haberlo dicho al revés. Podría haber hecho que

fuera usted el que pensaba que yo no llevaba puesta la chaqueta.

NEGRO: Y lo del rabo y todo eso.

BLANCO: Sí.

NEGRO: Pero no lo ha hecho.

BLANCO: Es evidente.

NEGRO: Se lo ha endilgado a Cecil.

BLANCO: Sí.

NEGRO: Pero Cecil no puede defenderse, ¿vale?, porque como no está de acuerdo con el resto del personal su palabra no vale nada. Quiero decir sin contar con que usted se lo haya inventado y que tenga rabo y la piel verde.

BLANCO: El de la piel verde no era él. Soy yo. ¿Adónde vamos a parar?

NEGRO: Solo quiero saber cosas de Cecil.

BLANCO: Me parece que no. ¿Usted ve a Jesús?

NEGRO: No. Verle no le veo.

BLANCO: Pero le habla.

NEGRO: Todos los días.

BLANCO: Y él le habla a usted.

NEGRO: Me ha hablado, sí.

BLANCO: ¿Usted le oye? Quiero decir, ¿habla alto?

NEGRO: No, alto no. No es una voz lo que oigo. Bueno, tampoco oigo la mía, ya puestos. Pero le he oído.

BLANCO: ¿Y no será que Jesús está solo en su cabeza?

NEGRO: Está en mi cabeza.

BLANCO: Entonces no entiendo qué es lo que intenta decirme.

NEGRO: Ya lo sé, criatura. Mire, lo primero que tiene que entender es que dentro de mi cabeza no hay pensamientos propios. Lo que no tenga el persistente aroma de la divinidad no me interesa.

BLANCO: El persistente aroma de la divinidad.

NEGRO: Sí. ¿Qué, le ha gustado?

BLANCO: No está mal.

NEGRO: Se lo oí un día por la radio a un predicador negro. El caso es que yo lo probé pero por la otra vía. Y quiero decir a lo bestia. Era como un caballo desbocado, un semental galopando a ciegas por el bosque. Madre mía. Vaya si no lo intenté. Si encuentra usted a alguien que haya puesto más empeño que yo, me lo presenta. Caso de que lo encuentre. ¿Y a que no sabe adónde me llevó todo eso?

BLANCO: No. Ni idea.

NEGRO: A la muerte en vida. Nada más y nada menos.

BLANCO: La muerte en vida.

NEGRO: Como lo oye. Iba por ahí tan muerto que ni me acordaba de vivir.

BLANCO: Entiendo.

NEGRO: Lo dudo, pero deje que le haga una pregunta.

BLANCO: Bueno.

NEGRO: ¿Ha leído alguna vez este libro?

BLANCO: Cosas sueltas. Estudios sobre la obra.

NEGRO: ¿Lo ha leído?

BLANCO: Leí *El libro de Job.*

NEGRO: Que, si, lo, ha, leído.

BLANCO: No.

NEGRO: Pero ha leído la tira de libros.

BLANCO: Sí.

NEGRO: Así a voleo, ¿cuántos?

BLANCO: No sabría decirle.

NEGRO: Aproximadamente, hombre.

BLANCO: No sé. Un par de libros a la semana. Un centenar al año. Eso durante cerca de cuarenta años.

El negro coge un lápiz, lame la punta y se inclina sobre el bloc mientras se esfuerza por hacer unas sumas, la lengua asomada a la comisura de la boca, una mano sosteniendo la cabeza.

BLANCO: Cuarenta por cien son cuatro mil.

NEGRO (*riendo casi*): Me estaba quedando con usted, hombre. Dígame una cifra, un número. El que quiera. Yo se lo multiplico por cuarenta.

BLANCO: Veintiséis.

NEGRO: Mil cuarenta.

BLANCO: Ciento dieciocho.

NEGRO: Cuatro mil setecientos veinte.

BLANCO: Cuatro mil setecientos veinte.

NEGRO: Sí señor.

BLANCO: La respuesta es la pregunta.

NEGRO: ¿Cómo dice?

BLANCO: Que ahí tiene el siguiente número.

NEGRO: ¿Cuál? ¿Cuatro mil setecientos veinte?

BLANCO: Sí.

NEGRO: Es una cifra muy alta, profesor.

BLANCO: Y que lo diga.

NEGRO: ¿Sabe cuánto da multiplicado por cuarenta?

BLANCO: ¿Yo? No.

NEGRO: Ciento ochenta y ocho mil ochocientos.

Siguen sentados.

BLANCO: Déjeme eso.

El negro empuja lápiz y bloc por encima de la mesa. El profesor hace los cálculos y mira el resultado y luego mira al negro. Empuja lápiz y bloc en dirección contraria y se retrepa en la silla.

BLANCO: ¿Cómo lo hace?

NEGRO: Los números son el mejor amigo del negro. Para mantequilla y huevos. Para jugar a los dados. Si eres hábil con los números le puedes echar un maleficio a tu hermano. Requisarle la billetera. En la trena hay horas de sobra para practicar.

BLANCO: Ya veo.

NEGRO: Pero volviendo a todos esos libros que dice que ha leído. Le parece que podrían ser unos cuatro mil...

BLANCO: Algo por el estilo. Tal vez más.

NEGRO: Pero este de aquí no lo ha leído.

BLANCO: No, el libro entero no.

NEGRO: ¿Y cómo es eso?

BLANCO: Pues no lo sé.

NEGRO: ¿Cuál diría que es el mejor libro que se ha escrito nunca?

BLANCO: No tengo ni idea.

NEGRO: Pruebe, hombre.

BLANCO: Hay muchísimos libros buenos.

NEGRO: Vale, pues elija uno.

BLANCO: Tal vez *Guerra y paz.*

NEGRO: Muy bien. ¿Le parece que es mejor libro que este?

BLANCO: No lo sé. Son muy diferentes, no se pueden comparar.

NEGRO: Y este *Guerra y paz* es un libro que se inventó alguien, ¿no?

BLANCO: Sí, claro.

NEGRO: ¿Es por eso por lo que son diferentes?

BLANCO: Bueno, a mi modo de ver, los dos son inventados.

NEGRO: Mm-mm. Ninguno de los dos es verídico o como se diga.

BLANCO: No en un sentido histórico. No.

NEGRO: Entonces, ¿qué libro diría usted que es verídico?

BLANCO: Tal vez uno de historia. Por ejemplo, *Decadencia y caída del Imperio romano*, de Gibbon. Al menos los sucesos serían reales, cosas que ocurrieron de verdad.

NEGRO: Ya. Mm-mm. ¿Y cree que ese libro es tan bueno como este otro?

BLANCO: La biblia.

NEGRO: La biblia.

BLANCO: No lo sé. El Gibbon es una piedra angular. Un libro muy importante.

NEGRO: Y verídico. No se olvide de eso.

BLANCO: Y verídico. En efecto.

NEGRO: Pero digo si es tan bueno.

BLANCO: No lo sé. Desconozco de qué manera se pueden comparar. Es como hablar de manzanas y peras.

NEGRO: No, aquí no estamos hablando de manzanas y peras, profesor. Hablamos de libros. Digo si ese *Decadencia y caída* es tan bueno como este libro de aquí. Conteste.

BLANCO: Imagino que la respuesta es no.

NEGRO: Es más verídico pero no tan bueno.

BLANCO: Si quiere expresarlo así...
NEGRO: No se trata de lo que yo quiera. Es lo que usted ha dicho.
BLANCO: Bueno.

El negro vuelve a dejar la biblia encima de la mesa.

NEGRO: Aquí en la cubierta, antes de que se borrara por el uso, decía: El libro más grande jamás escrito. ¿Le parece que podría ser verdad?
BLANCO: Podría.
NEGRO: Usted lee buenos libros.
BLANCO: Lo intento, sí.
NEGRO: Pero no el mejor de todos. ¿Cómo es eso?
BLANCO: Tengo que irme.
NEGRO: No tiene que irse, profesor. Quédese a charlar conmigo.
BLANCO: Tiene miedo de que vuelva al andén.
NEGRO: Cabe esa posibilidad. Quédese, por favor.
BLANCO: ¿Y si le prometo que no iré?
NEGRO: Podría ser que fuera igualmente.
BLANCO: ¿Usted no tiene que ir al trabajo?
NEGRO: Eso estaba haciendo.
BLANCO: Y le ha pasado una cosa curiosa camino del trabajo.
NEGRO: Eso mismo.
BLANCO: ¿Cree que lo despedirán?
NEGRO: Bah, seguro que no.
BLANCO: Podría usted llamar.
NEGRO: No tengo teléfono. Además, saben que si no estoy ya ahí es que no voy a ir. Soy de los que llegan puntual.
BLANCO: ¿Por qué no tiene teléfono?

NEGRO: No me hace falta. Además, los drogotas me lo mangarían.

BLANCO: Podría comprarse uno barato.

NEGRO: A un yonqui nada le parece barato. Pero volvamos a usted.

BLANCO: No. Sigamos con usted un poco más.

NEGRO: Bueno.

BLANCO: ¿Puedo preguntarle una cosa?

NEGRO: Claro.

BLANCO: ¿Usted dónde estaba? No le he visto.

NEGRO: ¿Quiere decir cuando ha dado ese salto acrobático?

BLANCO: Sí.

NEGRO: Estaba en el andén.

BLANCO: En el andén.

NEGRO: Sí.

BLANCO: Pues no le he visto.

NEGRO: Estaba allí tan tranquilo en el andén. A mi bola, sin meterme con nadie. Y llega usted, a toda leche.

BLANCO: Conste que había mirado para asegurarme de que no hubiera nadie. Especialmente niños. Y no había nadie.

NEGRO: Exacto. Solo yo.

BLANCO: Pues no sé dónde podía estar.

NEGRO: Vaya, profesor, ahora se ha propuesto meterme miedo. A lo mejor yo estaba detrás de una columna o algo así.

BLANCO: En el andén no había columnas.

NEGRO: Bien. Entonces, ¿qué? ¿Soy una especie de ángel negro grandullón que ha bajado del cielo para agarrar del culo a un blanco in extremis y así salvarlo de la destrucción?

BLANCO: No. Yo no creo eso.

NEGRO: Algo así sería imposible.

BLANCO: Lo sería.

NEGRO: Pues es lo que usted ha dado a entender.

BLANCO: Yo no he dado a entender nada semejante. Ha sido usted quien ha hablado de ángeles y demás. Yo no he dicho nada de ningún ángel. No creo en los ángeles.

NEGRO: ¿En qué cree, profesor?

BLANCO: En muchas cosas.

NEGRO: Muy bien.

BLANCO: Muy bien, ¿qué?

NEGRO: Muy bien qué cosas.

BLANCO: Creo en cosas.

NEGRO: Se está repitiendo.

BLANCO: Probablemente no creo en muchas de las cosas en las que creía antes, pero eso no significa que no crea en nada.

NEGRO: Pues póngame un ejemplo.

BLANCO: Básicamente en el valor de las cosas.

NEGRO: ¿El valor?

BLANCO: Sí.

NEGRO: Está bien. Cuáles, a ver.

BLANCO: Muchas. Cosas relacionadas con la cultura, por ejemplo. Libros, música, arte. Cosas así.

NEGRO: Muy bien.

BLANCO: Ese tipo de cosas son las que tienen valor para mí. Son los cimientos de la civilización. O al menos tenían valor antes. Ahora ya no tanto.

NEGRO: ¿Y eso?

BLANCO: La gente dejó de valorarlas. Yo también, hasta cierto punto. No sabría decirle exactamente por qué. Ese mundo en gran parte ha desaparecido. Pronto habrá desaparecido del todo.

NEGRO: No sé si le capto, profesor.

BLANCO: No hay nada que captar. Olvídelo. Las cosas que me gustaban era muy frágiles. Yo eso no lo sabía. Pensaba que eran indestructibles. Y no.

NEGRO: Ah. Y eso fue lo que le hizo saltar del andén. No era un problema personal.

BLANCO: Es personal. La cultura y la educación hacen que el mundo sea algo personal.

NEGRO: Hum.

BLANCO: Hum qué.

NEGRO: Nada, estaba pensando que lo que acaba de decir es muy potente. No sabría cómo responder a ninguna de esas cosas y hasta puede que no haya ninguna respuesta. Pero aun así digo yo que para qué sirven todas esas ideas si no lo mantienen a uno clavado al andén cuando entra el Sunset Limited a más de cien por hora.

BLANCO: Buena pregunta.

NEGRO: Eso pensaba.

BLANCO: Yo tampoco tengo respuesta a todo eso. Quizá carece de lógica. Ni lo sé ni me importa. Se me pregunta si no encuentro extraño ser testigo personal de la muerte de todo y sí que lo encuentro extraño, pero eso no quita que no ocurra así. Alguien tiene que ser testigo.

NEGRO: Pero si quieren un testigo que se busquen a otro.

BLANCO: Más o menos.

NEGRO: Ya. A ver si lo he entendido. Me está diciendo que entre usted y el Sunset Limited no hay más que esas cosas que dice de la cultura.

BLANCO: Es mucho, creo yo.

NEGRO: Pero se le fue de las manos.

BLANCO: Sí.

NEGRO: O sea que es un friqui cultural.

BLANCO: Como lo quiera llamar. Lo fui, en todo caso. Quizá esté usted en lo cierto. Quizá no creo en nada. Solo creo en el Sunset Limited.

NEGRO: Caray.

BLANCO: Sí.

NEGRO: Que no cree en nada, dice.

BLANCO: Las cosas en las que creía ya no existen. Es estúpido fingir lo contrario. La civilización occidental se esfumó finalmente por las chimeneas de Dachau, pero yo estaba demasiado encandilado para verlo.

NEGRO: Es usted un personaje, ¿lo sabía?

BLANCO: Mire, no hay motivo para que se implique en mis problemas. Debería irme.

NEGRO: ¿Tiene usted amigos?

BLANCO: No.

NEGRO: ¿Ni uno siquiera?

BLANCO: No.

NEGRO: Me toma el pelo, seguro. ¿Ni uno solo?

BLANCO: ¿Amigo? En realidad, no.

NEGRO: Pues hábleme de él.

BLANCO: ¿De quién?

NEGRO: De ese que en realidad no.

BLANCO: Tengo uno en la universidad. No es un amigo íntimo. De vez en cuando almorzamos juntos.

NEGRO: Pero es todo lo que hay.

BLANCO: No entiendo.

NEGRO: Todo lo que hay en cuanto a amigos.

BLANCO: Sí.

NEGRO: Mm-mm. Bien. Si ese es el mejor amigo que tiene supongo que es su mejor amigo, ¿verdad?

BLANCO: No sé.

NEGRO: ¿Qué le ha hecho usted?

BLANCO: ¿Que qué le he hecho?

NEGRO: Sí.

BLANCO: No le he hecho nada.

NEGRO: Mm-mm. Ya, ya.

BLANCO: Yo no le he hecho nada. ¿Por qué supone que le hice algo?

NEGRO: No sé. ¿Se lo hizo o no?

BLANCO: No. ¿Qué piensa usted que le hice?

NEGRO: No sé. Estoy esperando a que me lo cuente.

BLANCO: Pues no hay nada que contar.

NEGRO: Pero no le dejó ni una nota ni nada. Cuando decidió lo del tren.

BLANCO: No.

NEGRO: ¿A su mejor amigo?

BLANCO: Él no es mi mejor amigo.

NEGRO: Creía que habíamos establecido que lo era.

BLANCO: El único que ha establecido algo es usted.

NEGRO: ¿Le comentó alguna vez que pensaba hacer lo del tren?

BLANCO: No.

NEGRO: Pero, hombre, profesor.

BLANCO: ¿Por qué iba a comentárselo?

NEGRO: Yo qué sé. Tal vez porque era su mejor amigo.

BLANCO: Ya se lo he dicho. No somos íntimos ni nada parecido.

NEGRO: Ni nada parecido.

BLANCO: No.

NEGRO: Es su mejor amigo pero lo que pasa es que no son íntimos ni nada parecido.

BLANCO: Si quiere expresarlo así...

NEGRO: No tan amigos como para tomarse la molestia de explicarle una menudencia como que quiere morirse.

BLANCO *(mirando a su alrededor)*: Oiga. Suponga que le doy mi palabra de que me iré a casa y que no intentaré suicidarme de camino.

NEGRO: Suponga que yo le doy mi palabra de que no pienso escuchar ninguna de sus chorradas.

BLANCO: Ah. Entonces, ¿qué? ¿Estoy preso?

NEGRO: No me venga con esas. Además, preso ya lo estaba antes de entrar aquí. Un preso del corredor de la muerte. ¿Qué hacía su padre?

BLANCO: ¿Perdón?

NEGRO: Digo que qué hacía su padre. ¿A qué se dedicaba?

BLANCO: Era abogado.

NEGRO: Abogado.

BLANCO: Sí.

NEGRO: ¿De qué clase?

BLANCO: Abogado del Estado. No era criminalista ni nada parecido.

NEGRO: Mm-mm. ¿Y qué sería, algo parecido a un abogado criminalista?

BLANCO: No sé. Un especialista en divorcios, quizá.

NEGRO: Sí. Puede que tenga razón. ¿De qué murió?

BLANCO: ¿He dicho yo que haya muerto?

NEGRO: ¿Murió?

BLANCO: Sí.

NEGRO: ¿De qué?

BLANCO: De cáncer.

NEGRO: Cáncer. Entonces fue una larga enfermedad.

BLANCO: En efecto.

NEGRO: ¿Iba usted a verle?

BLANCO: No.

NEGRO: ¿Cómo es eso?

BLANCO: No me apetecía ir.

NEGRO: Bien, ¿y por qué no le apetecía?

BLANCO: No sé. Simplemente no iba. Quizá es que no quería recordarle de esa manera.

NEGRO: Bobadas. ¿Le pidió él que fuera?

BLANCO: No.

NEGRO: Pero su madre sí.

BLANCO: Es posible. No lo recuerdo.

NEGRO: Vamos, profesor. Ella le pidió que fuera.

BLANCO: Está bien. Sí.

NEGRO: Y usted, ¿qué le dijo?

BLANCO: Que iría.

NEGRO: Pero no fue.

BLANCO: No.

NEGRO: ¿Y...?

BLANCO: Nada. Se murió.

NEGRO: Ya, pero no es eso. Tuvo tiempo de ir a verle y no lo hizo.

BLANCO: Supongo.

NEGRO: Esperó a que hubiera muerto.

BLANCO: Vale, muy bien. No fui a ver a mi padre.

NEGRO: Su padre se está muriendo de cáncer. La mujer, es decir su madre, allí sentada a su lado. Cogiéndole la mano. Él con los dolores. Le piden que vaya usted a verle por última vez y usted les dice que no. Que no piensa ir. A ver, dígame si me equivoco en algo.

BLANCO: Si quiere pintarlo así...
NEGRO: ¿Y usted cómo lo pintaría?
BLANCO: No lo sé.
NEGRO: Así es como pasó, ¿verdad?
BLANCO: Supongo.
NEGRO: Déjese de suposiciones. ¿Sí o no?
BLANCO: Sí.
NEGRO: Un momento, que miro si encuentro el horario de trenes.

Abre el cajón de la mesa y rebusca dentro.

NEGRO: A ver a qué hora pasa el próximo directo...
BLANCO: No sé si acabo de entender la gracia.
NEGRO: Pues me alegro, profesor, porque yo tampoco. Cada vez estoy más pasmado, eso es lo que pasa. ¿Cómo es que no se ve a sí mismo, criatura? Si es usted un libro abierto. Fíjese, yo veo las ruedecitas cómo giran. Los engranajes. Y veo también la luz. Buena luz. Luz de verdad. ¿Usted no la ve?
BLANCO: No.
NEGRO: Dios te bendiga, hermano. Te bendiga y te ampare. Porque la luz está ahí.

Siguen sentados.

BLANCO: ¿Cuándo estuvo usted en presidio?
NEGRO: Hace mucho.
BLANCO: ¿Por qué motivo?
NEGRO: Asesinato.
BLANCO: ¿En serio?
NEGRO: Oiga, ¿si no fuera un asesino le habría dicho que lo soy?

BLANCO: Antes ha usado la palabra «trena».

NEGRO: Ah, ¿sí?

BLANCO: ¿Los negros suelen llamar «trena» a la cárcel?

NEGRO: No. Mayormente los de campo y viejos como yo. Tenemos por norma decir las cosas claras, ¿entiende? No quiera usted ni saber la de maneras distintas que hay para decir «cárcel». No me gustaría que me obligaran a contarlas.

BLANCO: ¿Conoce muchas anécdotas carcelarias?

NEGRO: Anécdotas carcelarias.

BLANCO: Sí.

NEGRO: No sé. Hace años sí que contaba alguna, pero como que ya han perdido el encanto. Mejor hablamos de algo más alegre, ¿no?

BLANCO: ¿Ha estado casado?

NEGRO: Casado…

BLANCO: Sí.

NEGRO *(en voz baja)*: Lo que faltaba.

BLANCO: ¿Qué?

NEGRO: Oiga, será mejor que volvamos a las anécdotas carceleras o como se llamen. *(Menea la cabeza mientras ríe en silencio. Se pellizca el puente de la nariz, con los ojos cerrados.)* Caray.

BLANCO: ¿Tiene hijos?

NEGRO: Ni hijos ni nada, profesor. No tengo a nadie. Toda mi familia murió. Tenía dos hijos varones. Hace años que murieron. Bueno, de hecho casi toda la gente que he conocido lleva años muerta. Quizá le convendría tenerlo en cuenta. A lo mejor soy un riesgo para su salud.

BLANCO: ¿Siempre estuvo metido en líos?

NEGRO: Pues sí. Me gustaba, la verdad. Puede que

todavía me guste. Me tiré siete años preso y tuve suerte de que no fueran muchos más. Hice daño a mucha gente. Les zurraba la badana y luego no había manera de que se levantaran del suelo.

BLANCO: Pero ahora ya no se mete en líos.

NEGRO: No.

BLANCO: Aunque le siguen gustando.

NEGRO: Bueno, quizá es que estoy condenado a eso. Será que el karma ese me pegó un mordisco en el culo. Pero ahora me he pasado al otro bando. Si quieres ayudar a la gente que está en un lío no te queda más remedio que ir a donde está el lío en cuestión. Poco más se puede hacer.

BLANCO: Y usted quiere ayudar a la gente.

NEGRO: Claro.

BLANCO: ¿Por qué?

El negro ladea la cabeza y se lo queda mirando.

NEGRO: No está preparado para que le conteste a eso.

BLANCO: Bueno, deme una respuesta breve.

NEGRO: Se la acabo de dar.

BLANCO: ¿Cuánto tiempo lleva aquí?

NEGRO: ¿En este edificio, quiere decir?

BLANCO: Sí.

NEGRO: Seis años. Casi siete ya.

BLANCO: No comprendo por qué vive aquí.

NEGRO: ¿En vez de dónde?

BLANCO: De cualquier otra parte.

NEGRO: Bueno, esto es como cualquier otra parte. Sí, supongo que podría vivir en otro edificio. Este no me parece mal. Tengo una habitación donde estar a solas. Tengo ahí un sofá donde se queda gente a sobar. Yonquis y adictos al crack la mayoría. Te chorizan todo lo que se pueden llevar, por eso no tengo nada. Y es buena cosa. Frecuentar a gente así hace que se le quiten a uno todos los antojos. Una vez se llevaron la nevera, pero alguien los pilló cuando bajaban por la escalera y los hizo subir otra vez. Ahora tengo ese mamotreto de allí al fondo. Decidí mejorar de nevera. Lo que sí echo en falta es la música. He pensado que me pondré una puerta blindada en la habitación. Así podré escuchar música otra vez. Hay que comprar la puerta y el marco juntos. Me lo estoy pensando. La tele me importa un pimiento, pero la música sí que la añoro.

BLANCO: ¿No le parece que este sitio es espantoso?

NEGRO: ¿Espantoso?

BLANCO: Eso he dicho.

NEGRO: ¿Qué tiene de espantoso?

BLANCO: Es horrible. Es una vida horrible.

NEGRO: ¿Una vida horrible?

BLANCO: Sí.

NEGRO: Qué demonios, hombre. A mí no me lo parece. ¿Se puede saber de qué habla?

BLANCO: De este lugar. Es un sitio horrible. Lleno de gente espantosa.

NEGRO: Caray.

BLANCO: Usted sabe que toda esa gente no merece ser salvada. Suponiendo que pudieran salvarse. Cosa que dudo. Seguro que usted lo sabe.

NEGRO: Mire, a mí siempre me gustaron los desafíos. Antes de que me soltaran hice de cura en la prisión. Eso sí que fue un reto. Me venían cantidad de hermanos que les importaba todo una mierda, conque imagínese lo que podía importales la palabra de Dios. Solo lo hacían para que constara en su currículum.

BLANCO: ¿Cómo que en su currículum?

NEGRO: Eso he dicho. Allí dentro había hermanos que habían hecho cosas muy gordas y les importaba todo una higa. Solo les preocupaba estar en la trena. Y lo gracioso del caso es que muchos creían en Dios, no se lo pierda. Hasta puede que más que los que están fuera. Hablo por mí, desde luego. Quizá tendría que reflexionar sobre todo eso, profesor.

BLANCO: Creo que es mejor que me vaya.

NEGRO: No tiene por qué marcharse, profesor. ¿Qué voy a hacer yo, si me deja aquí solo?

BLANCO: Usted no me necesita. Lo que pasa es que no quiere sentirse responsable si algo me ocurriera.

NEGRO: ¿Dónde está la diferencia?

BLANCO: No lo sé. Pero tengo que irme.

NEGRO: Quédese un rato más. Seguro que esto es más alegre que su casa.

BLANCO: Creo que ni se imagina hasta qué punto me resulta raro estar aquí.

NEGRO: Pues no lo crea tanto.

BLANCO: He de irme.

NEGRO: Deje que le pregunte una cosa.

BLANCO: Está bien.

NEGRO: ¿No le ha ocurrido nunca que un día de repente todo sale como raro pero en el buen sentido de la palabra? ¿Que todo es como si encajara?

BLANCO: No sé si le comprendo.

NEGRO: Sí, hombre. Un día mágico, que se dice. Uno de esos días en que todo sale bien.

BLANCO: No lo sé. Puede. ¿Por qué?

NEGRO: Estaba pensando si no habrá tenido una mala racha demasiado larga. Y al final se ha quedado con la idea de que el mundo es así.

BLANCO: Que el mundo es así.

NEGRO: Eso.

BLANCO: ¿Y cómo es el mundo?

NEGRO: No sé. Un sitio donde hay malas rachas. Lo que quería decir es que aunque a usted le parezca que el mundo es así tiene que comprender que el sol no siempre calienta el mismo culo. ¿Me entiende, profesor?

BLANCO: Si insinúa que lo que pasa es que tengo un mal día, eso es ridículo.

NEGRO: No digo que tenga un mal día, profesor. Lo que creo es que tiene una mala vida.

BLANCO: Y le parece que debería cambiar de vida.

NEGRO: Oiga, ¿se está cachondeando de mí o qué?

BLANCO: Tengo que irme.

NEGRO: ¿Por qué no me hace compañía un ratito más?

BLANCO: ¿Y esa anécdota carcelaria?

NEGRO: No le hace falta ninguna.

BLANCO: ¿Por qué dice eso?

NEGRO: Hombre, es que a usted parece que todo le escama. Se imagina que intento ponerle chinitas en el zapato.

BLANCO: Y no es así.

NEGRO: Al contrario. Claro que lo intento. Lo que pasa es que no quiero que se dé cuenta.

BLANCO: Ya. No importa. He de irme.

NEGRO: Sabe muy bien que no está para salir a la calle.

BLANCO: Es preciso.

NEGRO: Sé que no tiene ninguna obligación que cumplir.

BLANCO: ¿Y cómo lo sabe?

NEGRO: Porque para empezar no tendría ni que estar aquí.

BLANCO: Entiendo.

NEGRO: Bueno, y si le cuento una anécdota, ¿se quedará?

BLANCO: Está bien. Pero solo un rato.

NEGRO: Así me gusta. De acuerdo, pues. Pasemos a la anécdota de la trena.

BLANCO: ¿Es verídica?

NEGRO: ¿Verídica? Claro. Yo solo me sé historias verídicas.

BLANCO: Está bien.

NEGRO: Bueno, pues resulta que estoy en la cola del papeo y cojo lo mío y el negrata que está detrás se lía a discutir con el tío que sirve el papeo. Le dice que las alubias están frías y tira el cucharón en el perol de las alubias pero de mala manera. El caso es que me deja a mí salpicado. Yo no pensaba liarme a discutir por unas alubias ni por unas manchas, pero la verdad es que me cabreó un poco. Acababa de ponerme uniforme nuevo (ya sabe, pantalón y camisa caqui), y allí solo te dan dos a la semana. Solo le dije: Oye, tío, ten cuidado, o algo parecido. Pero mientras seguía caminando pensaba: Déjalo correr. No hagas caso. Y entonces va ese tío y me dice no sé qué y yo voy y me vuelvo, y nada más mirarle el tío me clava un cuchillo. Yo ni lo había visto. Venga a salir sangre. Y no se crea que hablo de un punzón cualquiera, no. Era una de esas navajas italianas de resorte, con las cachas negras y plateadas. Y yo lo único que hice fue agacharme, pasar por debajo de la barandilla, agarrar la pata de la mesa más cercana y arrancarla como si tal cosa. La pata tenía un tornillo gordo así de largo asomando por la punta y yo me lancé sobre el negrata y empecé a darle con el palo en la cabeza, venga y venga, hasta que ya no se sabía si aquello era una cabeza o qué. Y el tornillo se le quedó clavado en la cocorota de tal manera que tuve que ponerme de pie encima del tío para arrancárselo.

BLANCO: ¿Y él qué dijo?

NEGRO: ¿Cómo que qué dijo?

BLANCO: En la cola, me refería. ¿Qué le dijo a usted?

NEGRO: No pienso repetirlo.

BLANCO: Eso no me parece justo.

NEGRO: No le parece justo.

BLANCO: No.

NEGRO: Hum. Vaya, le estoy contando una auténtica historia de sangre y vísceras cortesía de la Casa Grande (y cuando digo auténtica quiero decir auténtica) y ahora resulta que es incapaz de imaginar lo que me dijo el negrata ese.

BLANCO: ¿Es necesario usar esa palabra?

NEGRO: Esa palabra.

BLANCO: Sí.

NEGRO: Me parece que no avanzamos mucho, ¿eh?

BLANCO: No lo creo necesario, eso es todo.

NEGRO: No quiere oír la palabra «negrata» pero está dispuesto a dejarme en la estacada solo porque yo no le cuento la barbaridad que me soltó aquel negrata. ¿Está seguro?

BLANCO: Solo he dicho que no veo necesario emplear esa palabra.

NEGRO: La anécdota es mía y la cuento yo, ¿no? Además, no recuerdo que allá hubiera afroamericanos, gente de color. Si la memoria no me falla, no había más que un hatajo de negratas.

BLANCO: Continúe.

NEGRO: Bien, en un momento dado me saqué la navaja que tenía clavada y parece que se me cayó al suelo. Yo venga a darle al tipo aquel en la cabeza y mientras tanto un colega suyo me sujeta por detrás. Pero yo agarrado a la barandilla con la otra mano y de allí no hay quien me mueva. Lo que no puedo saber es que el otro tío ha cogido la navaja del suelo y se propone destriparme. Al final noté la sangre y me di la vuelta y le aticé un estacazo en la cabeza y el tío salió resbalando por el suelo. A todo esto alguien había apretado el botón y sonaba la alarma y todo el mundo tirado en el suelo y estamos en emergencia y un guardia me tiene apuntado desde arriba con la escopeta y me grita que suelte el arma y me tire al suelo. Y ya me va a pegar un tiro cuando llega el teniente y le chilla que no dispare y luego me dice a mí que suelte la pata de la mesa. Y entonces miro y veo que soy el único que está de pie. Veo los pies del negrata asomando por debajo del mostrador del papeo (se había metido allí debajo), o sea que tiro el palo y después de eso ya no recuerdo gran cosa. Me dijeron que había perdido la mitad de la sangre. Sí me acuerdo de que aquello estaba todo resbaladizo pero pensé que la sangre era del otro tío.

BLANCO *(con sequedad)*: Menuda historia.

NEGRO: Sí, ¿no? Bueno, en realidad solo es la introducción. Lo bueno viene después.

BLANCO: ¿Murió, ese hombre?

NEGRO: No. No murió nadie. Pensaron que se había muerto, pero qué va. A raíz de aquello no quedó muy bien, o sea que nunca más tuve problemas con el tío. Perdió un ojo y andaba con la cabeza así como de lado y un brazo como colgando. Hablaba medio mal. Al final lo trasladaron a otro sitio.

BLANCO: Pero esa no es toda la historia.

NEGRO: No lo es, no.

BLANCO: Bueno, ¿y qué pasó?

NEGRO: Me desperté en la enfermería. Recién operado. Me habían abierto el bazo. El hígado. Qué sé yo qué más. Por poco no lo cuento. Tenía doscientos ochenta puntos y aquello dolía de mala manera. No sabía que una cosa de esas podía doler tanto. Y aun así me tenían con grilletes en las piernas y esposado a la cama. Créaselo porque es la verdad. Y estaba yo allí tumbado y entonces oigo una voz. Clara como el agua. Más clara no podía ser. Me decía, la voz: Si no fuera por la gracia de Dios no estarías aquí. La leche. Intenté incorporarme para ver si había alguien, pero no podía moverme, claro. Ni falta que hacía. Porque allí no había nadie. Bueno, sí que había alguien, pero quiero decir que era inútil que yo intentara ver si podía verle.

BLANCO: ¿No le parece una historia un poco extraña?

NEGRO: Claro que me parece un poco extraña.

BLANCO: Me refería a si no le dio pena ese hombre.
NEGRO: Se está adelantando a la historia.
BLANCO: La historia de cómo otro recluso acabó tuerto, tullido y retrasado mental para que usted pudiera encontrar a Dios.
NEGRO: Impresionante.
BLANCO: ¿Es eso o no?
NEGRO: No lo sé.
BLANCO: No se le había ocurrido pensarlo.
NEGRO: Claro que se me había ocurrido.
BLANCO: ¿Y?
NEGRO: Y ¿qué?
BLANCO: No es la verdadera historia.
NEGRO: Mire, no quiero que me coja tirria, pero parece que se muere de ganas de que esa sea la historia de verdad. Bien, pues le diré que desde luego es una manera de mirarlo. Eso lo tengo que admitir. Tengo que mantener su interés.
BLANCO: Mantener mi interés...
NEGRO: Si no le parece mal.
BLANCO: Y luego ponerme... cómo era que lo ha dicho... ¿chinitas en el zapato?
NEGRO: Sí.
BLANCO: Bueno.
NEGRO: No olvide que es una anécdota carcelaria.
BLANCO: Muy bien.
NEGRO: Y que ha sido usted quien me ha pedido una.
BLANCO: Muy bien.
NEGRO: El caso, profesor, es que yo no tengo ni puñetera idea de por qué Dios es como es. No sé por qué me habló a mí. Yo no lo hubiera hecho.
BLANCO: Pero usted le escuchó.

NEGRO: Hombre, qué remedio me quedaba.

BLANCO: No sé. Quizá no escuchar.

NEGRO: Ah, ¿y cómo?

BLANCO: No escuchando.

NEGRO: Pero ¿usted se cree que Dios se dedica a hablarle a gente que sabe que no le va a escuchar? ¿Usted se cree que Dios tiene tanto tiempo libre?

BLANCO: Ya entiendo.

NEGRO: Si no hubiera sabido que yo le iba a escuchar, él ni hubiera abierto la boca.

BLANCO: Él es un oportunista.

NEGRO: Supongo que quiere decir que Dios vio a alguien que había caído tan bajo que por narices iba a estar dispuesto a tirarse a la piscina.

BLANCO: Más o menos.

NEGRO: Y a usted le parece que a mí me parece que quizá usted ha caído así de bajo.

BLANCO: Es posible.

NEGRO: Pues mire, eso lo puedo entender. Sí, lo puedo entender. Claro que hay un pequeño problema.

BLANCO: ¿Cuál?

NEGRO: Yo no soy Dios.

BLANCO: Me alegro.

NEGRO: No crea que no es un alivio para mí.

BLANCO: ¿Es que antes pensaba que era Dios?

NEGRO: No es eso. Yo no sabía qué era, pero creía tener la sartén por el mango. No supe lo que pesaba de verdad esa cruz hasta que me la quité de encima. Posiblemente fue lo mejor de todo. Decir: Ahora mandas tú.

BLANCO: Permita que le haga una pregunta.

NEGRO: Hágala.

BLANCO: ¿Por qué les cuesta tanto aceptar que haya personas que no desean siquiera creer en Dios?

NEGRO: Yo eso lo acepto.

BLANCO: ¿Sí?

NEGRO: Claro que sí. Quiero decir, ya sé que pasa. Lo veo todos los días. Mejor que lo acepte, ¿no?

BLANCO: Entonces, ¿por qué no nos dejan tranquilos?

NEGRO: Y a su bola.

BLANCO: Sí.

NEGRO: Para poder ahorcarse de las cañerías y todo eso.

BLANCO: Si es lo que queremos hacer, sí.

NEGRO: Porque él dijo que eso estaba mal. Lo pone aquí. *(Sostiene el libro en alto.)*

El profesor menea la cabeza.

NEGRO: Supongo que no quiere ser feliz.

BLANCO: ¿Feliz?

NEGRO: Sí, feliz. ¿Qué tiene de malo?

BLANCO: Santo cielo.

NEGRO: ¿Qué pasa? ¿Hemos abierto la caja de los truenos? ¿Qué le ve de malo a ser feliz?

BLANCO: Que es contrario a la condición humana.

NEGRO: Hombre, reconozco que contrario a su condición sí que lo es.

BLANCO: Feliz. Qué cosa más ridícula.

NEGRO: O sea como que no existe.

BLANCO: Ahí está.

NEGRO: Para nadie.

BLANCO: Para nadie.

NEGRO: Mm-mm. Oiga, ¿y cómo es que nos complicamos tanto la vida, los hombres?

BLANCO: Nacimos con la vida así de complicada. El destino de la humanidad es sufrir. Sufrimiento y destino se describen mutuamente.

NEGRO: No estamos hablando de sufrimiento. Estamos hablando de felicidad.

BLANCO: No hay felicidad posible si uno sufre.

NEGRO: ¿Por qué?

BLANCO: No entiende usted nada.

El negro se echa hacia atrás agarrándose el pecho.

NEGRO: ¡Oh, cielos! Qué duras palabras las del profesor. El predicador se ha echado para atrás. Se agarra el corazón. Tiene los ojos en blanco. Pero un momento. Un momento, señores. ¿No es eso un parpadeo? Parece que vuelve en sí. Creo que ya vuelve en sí.

El negro se incorpora y se inclina hacia adelante.

NEGRO: Aquí lo que pasa es que si no ha conocido el dolor en su vida, cómo va a saber si es feliz o no. Comparado con qué.

BLANCO: Supongo que no tendrá algo de beber.

NEGRO: Supone bien. ¿Usted bebe?

BLANCO: ¿Me va a largar un sermón sobre la abstinencia?

NEGRO: ¿Yo? Qué va.

BLANCO: Ha sido un día complicado. Deduzco que usted no bebe.

NEGRO: No bebo. Pero no me quedé corto en otra época.

BLANCO: ¿Está en Alcohólicos Anónimos?

NEGRO: No. Lo dejé y punto. A muchos amigos míos les iba la priva. Bueno, a la mayoría. Y la mayoría están muertos.

BLANCO: Por culpa del alcohol.

NEGRO: Bueno, del alcohol y de cosas que no le andan muy lejos. No hace mucho a uno lo atropelló un taxi. A ver si adivina adónde iba. Borracho, claro.

BLANCO: Ni idea. ¿Adónde?

NEGRO: A por más whisky. En casa tenía para hartarse, pero un borracho siempre tiene miedo de quedarse sin.

BLANCO: ¿Resultó muerto?

NEGRO: Espero que sí, porque lo enterramos.

BLANCO: Supongo que esta historia tendrá una moraleja.

NEGRO: En el fondo va de lo que queremos y de lo que conseguimos. Dolor y felicidad. Le cuento otra.

BLANCO: Adelante.

NEGRO: Un domingo estábamos unos cuantos de la pandilla bebiendo en mi casa. Por la mañana. El momento favorito de los borrachos para juntarse y beber. Por qué es así se lo dejo a usted para que vaya pensando. Bueno, pues uno de los colegas se presenta con una chica. Evelyn. La tal Evelyn ya estaba curda al llegar pero le dimos una copa y cuando Redge (mi colega) va a la cocina para servirse él otro trago, resulta que la botella ya no está. Y como Redge en sus tiempos ha conocido a bastante gente que bebía, pues va y se pone a buscar la botella. Mira en todos los armarios de la cocina, detrás de esto y de lo otro. No hay manera de encontrarla, pero, claro, él se imagina lo que puede haber pasado. O sea que vuelve al sofá y se queda mirando a la señorita Evelyn. Que está como una cuba. Y le dice: Evelyn, ¿dónde has puesto el whisky? Y Evelyn: Yo gaga baba lala gagag. Y Redge dice: Evelyn, ¿dónde has metido el whisky? Yo lala blog gola blabla. Y el otro, que ya está empezando a mosquearse, solo un poquito, le dice a la cara: Yo lodel lodel blabel gaga blabla, ¿te enteras? Y ella dice: Lo he escondido en la cisterna del váter.

BLANCO: Tiene bastante gracia.

NEGRO: He pensado que le gustaría.

BLANCO: ¿Y el whisky estaba allí?

NEGRO: Cómo no. Es uno de los escondites favoritos de los borrachos. Pero la cosa está en que al borracho no vaya usted a creer que le importa diñarla de tanto beber, no. Lo que más le preocupa es quedarse sin whisky mucho antes de que le llegue la hora de estirar la pata. ¿Tiene hambre? Puedo seguir luego. Tranquilo, que no voy a perder el hilo.

BLANCO: Estoy bien. Continúe.

NEGRO: ¿Qué cree que diría un borracho si le ofreciera usted una copa y le dijera que no le conviene beber?

BLANCO: Creo que sé lo que diría.

NEGRO: Claro. Pero usted seguiría teniendo razón.

BLANCO: En que no le conviene beber.

NEGRO: Exacto. Porque lo que realmente quiere no lo puede alcanzar. O es lo que él piensa. Por eso no se harta nunca de eso que en realidad no le conviene.

BLANCO: Ah. ¿Y qué es lo que realmente quiere?

NEGRO: Usted ya lo sabe.

BLANCO: No, yo no lo sé.

NEGRO: Claro que lo sabe.

BLANCO: No.

NEGRO: Hum.

BLANCO: ¿A qué viene eso?

NEGRO: Es usted duro de pelar, profesor.

BLANCO: Usted tampoco se queda manco.

NEGRO: No sabe lo que quiere el borracho.

BLANCO: No lo sé.

NEGRO: Pues quiere lo que todo el mundo.

BLANCO: ¿Que es...?

NEGRO: Quiere el amor de Dios.

BLANCO: Yo no quiero el amor de Dios.

NEGRO: Me encanta. Va siempre directo al grano, profesor. El borracho tampoco lo quiere. Según él, al menos. A él que le den un trago de whisky. Usted es inteligente, profesor. Dígame a ver cuál de las dos cosas tiene sentido.

BLANCO: Tampoco quiero un trago de whisky.

NEGRO: ¿No me acaba de pedir uno hace un momento?

BLANCO: Lo decía como una proposición universal.

NEGRO: Aquí no estamos hablando de una proposición de esas. Estamos hablando de tragos.

BLANCO: Mire, yo no tengo problemas con la bebida.

NEGRO: Pues algún problema tiene, eso seguro.

BLANCO: Sea cual sea el problema que yo pueda tener, no veo que se pueda abordar con una copa de licor.

NEGRO: Mm-mm. Me encanta cómo lo ha dicho. Entonces, ¿con qué otra cosa se puede... abordar?

BLANCO: Creo que usted ya sabe con qué.

NEGRO: El Sunset Limited.

BLANCO: Exacto.

NEGRO: Y es eso lo que quiere.

BLANCO: Es lo que quiero, sí.

NEGRO: Vaya, profesor, pues menudo trago de whisky.

BLANCO: Que en realidad no me conviene.

NEGRO: Que en realidad no le conviene, es cierto.

BLANCO: Bien. Creo que sí me conviene.

NEGRO: Naturalmente, criatura. Si no no estaríamos aquí sentados.

BLANCO: Permítame que discrepe.

NEGRO: No pasa nada. Esas son mis cartas.

BLANCO: Las personas como yo pensamos que ese anhelo de un ser superior responde a una carencia, pero dudo que usted lo pueda entender.

NEGRO: Sí que lo entiendo. Y no podría estar más de acuerdo.

BLANCO: ¿Está de acuerdo con eso?

NEGRO: Pues claro. Lo que les falta a esas personas es Dios.

BLANCO: Como ya he dicho, discrepamos.

NEGRO: Vaya. O sea que usted es quien decide cuándo se acaba la discusión, ¿eh?

BLANCO: No en este caso.

NEGRO: Porque yo iba a añadir algo.

BLANCO: ¿Y cómo quiere que lo sepa?

NEGRO: La verdad es que fui a un par de reuniones de Alcohólicos Anónimos. Me di cuenta de que el rollo Dios no es que le gustara mucho a casi nadie, pero tampoco me hizo falta estar allí mucho rato para entender que el rollo Dios era el único rollo que contaba. Lo malo no era que hubiese demasiado Dios en AA, sino que no había suficiente. Para algunas cosas soy bastante duro de mollera, pero al final vi que lo que valía para AA probablemente también valía para un montón de cosas más.

BLANCO: Pues lo siento, pero a mí la idea de Dios me parece una chuminada.

El negro se lleva una mano al pecho y se recuesta en la silla.

NEGRO: Oh, Señor, ten piedad. Oh, sálvanos, Jesús. El profesor acaba de blasfemar por todos nosotros. Ya nada podrá salvarnos.

Cierra los ojos y menea la cabeza, riendo en silencio.

BLANCO: Decir eso no le parece una maldad.

NEGRO: Dios bendito. Pues no, profesor. No. Pero a usted sí.

BLANCO: A mí no. Es un hecho, simplemente.

NEGRO: ¿Un hecho simplemente? Pamplinas. Es el hecho más gordo de todos. Se podría decir que es el único.

BLANCO: Pero no considera usted que sea tan malo.

NEGRO: Bueno, yo sé que tiene cura. O sea que es malo pero no tanto. Si lo dice por lo que pueda pensar el que está allá arriba, le diré que seguramente ha visto tantas cosas parecidas que le importa menos de lo que usted se imagina. A ver, suponga que alguien le dice a usted que usted no existe. Y usted allí sentado escuchando. No creo que le cabreara mucho, ¿a que no?

BLANCO: Más bien sentiría lástima de esa persona, supongo.

NEGRO: Es lo que me parece a mí. Puede que hasta intentara usted ayudarla. Pues en mi caso Dios tuvo que gritar muy fuerte cuando estaba yo allí tumbado recién cosido de arriba abajo porque aquel negrata había intentado quitarme el corazón como a una manzana. Pero aun así le diré que si Dios es Dios le puede hablar a su corazón en cualquier momento. Le diré más: si me habló a mí (y ya le digo yo que lo hizo), es que puede hablarle a cualquiera.

El negro tamborilea tres veces ligeramente sobre la mesa y luego mira al profesor.

Silencio.

NEGRO: Vaya. A saber qué se propondrá este chiflado de negrata. Igual va y me echa mal de ojo. Mejor que levante el culo y me largue de aquí. Es capaz de birlarme la cartera. Tengo que ir cagando leches a la estación, no sea que me ocurra algo. Ay, profesor, ¿qué vamos a hacer con usted?

BLANCO: He de irme.

NEGRO: Creía que se quedaba a charlar un rato más.

BLANCO: Mire. Sé que estoy en deuda con usted. Al menos a los ojos del mundo. ¿Qué tal si le doy algo y quedamos en paz? Puedo darle dinero, por ejemplo.

El negro se lo queda mirando. No responde.

BLANCO: Podría darle mil dólares. Bueno, supongo que eso no es mucho. Digamos tres mil.

NEGRO: No tiene ni idea del lío en que está metido, ¿verdad?

BLANCO: No sé a qué se refiere.

NEGRO: Ya sé que no.

BLANCO: Solo pretendo saldar una deuda.

NEGRO: No es conmigo con quien tiene que saldarla.

BLANCO: Vamos a ver, ¿en serio cree que es Dios quien me ha enviado a usted?

NEGRO: Oh, peor que eso.

BLANCO: Explíquese.

NEGRO: Creer es distinto de no creer. Si uno es creyente tarde o temprano va a parar al pozo de la fe propiamente dicha y ya no tiene que seguir buscando. Más allá no hay nada. Pero el que no cree tiene un problema. Se ha propuesto desentrañar el mundo, pero cada vez que descubre algo que no es verdad deja otras dos dudas en su sitio. Si Dios recorrió la Tierra cuando terminó el trabajo, usted cuando se levanta por la mañana tiene que poner los pies en un suelo, un suelo real, sin preocuparse por saber de dónde ha salido ese suelo. Pero si Dios no lo hizo, entonces va a tener que inventarse otra definición para explicar qué entiende por real. Y todo va a tener que juzgarlo desde ese mismo punto de vista. Si es que es un punto. Incluido usted mismo. Una pregunta vale para todos. Bien, profesor, ¿qué opina? ¿Usted es real o qué?

BLANCO: No me lo trago.

NEGRO: Vale, muy bien. Estas cosas hace mucho que están sobre el tapete, y lo seguirán estando.

BLANCO: ¿Usted cree todo lo que pone ahí?, ¿en la biblia?

NEGRO: ¿Al pie de la letra?

BLANCO: Sí.

NEGRO: No del todo. Pero ya sabe que yo soy un malhechor.

BLANCO: ¿En qué discreparía usted?

NEGRO: Quizá en lo del pecado original. Cuando Eva mordió la manzana y nos hizo a todos malos. Yo a la gente no la veo así. Creo que de entrada la mayoría de la gente es buena. Yo creo que el mal es algo que cada cual se busca. Sobre todo por querer lo que no nos toca tener. Pero no pienso quedarme aquí sentado haciendo el hereje cuando lo que intento es precisamente que deje usted de serlo.

BLANCO: ¿Se considera un hereje?

NEGRO: Ahora va usted y quiere ponerme chinitas a mí.

BLANCO: En absoluto. ¿Lo es o no?

NEGRO: Bueno, no más de lo debido. Incluso para alguien con creencias profundas. No soy de los que dudan, pero preguntas sí que me hago.

BLANCO: ¿No viene a ser lo mismo?

NEGRO: Yo creo que el que se hace preguntas quiere saber la verdad. El que duda quiere que le digan que eso no existe.

BLANCO *(señalando la biblia)*: Pero ¿usted no piensa que para salvarse tiene que creer todo lo que dice ahí?

NEGRO: Pues no señor. Ni siquiera pienso que haya que leerlo. Es más, ni siquiera creo que haga falta saber que existe el libro. Lo que creo es que si en estas páginas hay alguna verdad, esa verdad también está escrita en el corazón humano. Fue escrita allí hace muchos siglos y seguirá estando escrita durante muchos más. Aunque quemen todos los ejemplares de ese libro. ¿Lo que dijo Jesús? Yo no creo que se inventara una sola palabra. Yo creo que lo dijo y punto. Ese libro es una guía para los ignorantes y para los que tienen el corazón enfermo. Un hombre íntegro no lo necesita para nada. Y, naturalmente, si lee usted el libro verá que se habla más de lo que no hay que hacer que de lo que hay que hacer. De lo malo que de lo bueno. Bien, ¿y eso por qué?

BLANCO: Ni idea. ¿Por qué?

NEGRO: Prefiero que me responda usted, profesor.

BLANCO: Tendré que pensarlo.

NEGRO: Vale.

Silencio.

BLANCO: Vale ¿qué?

NEGRO: Que vale, que lo piense.

BLANCO: Será que pensar en algo me lleva un poco más de tiempo que a usted.

NEGRO: No pasa nada.

BLANCO: No pasa nada.

NEGRO: Quiero decir que hay dos maneras de tomarse ese comentario, pero que yo me lo tomo por el lado bueno. Soy así. Gracias a eso vivo en mi mundo, no en el de usted.

BLANCO: ¿Por qué cree que el mío es tan malo?

NEGRO: No, si yo no sé si es tan malo. Solo sé que es breve.

BLANCO: Muy bien. ¿Preparado?

NEGRO: Preparado.

BLANCO: Yo creo que la respuesta a su pregunta es que la dialéctica del sermón presupone siempre un poso de maldad.

NEGRO: ¡Fiiiu!

BLANCO: ¿Cómo dice?

NEGRO: Eso es más fuerte que el aliento de una yegua, amigo. Lo que me encantaría poder largarles un rollo como ese a los hermanos. Vale, ya paro. Oiga, así entre nosotros. De tú a tú. ¿Qué es lo que acaba de decir?

BLANCO: Respondía a su pregunta. La biblia está llena de historias con moraleja. Y no solo la biblia, toda la literatura. Instándonos a tener cuidado. ¿Tener cuidado de qué? De no tomar el mal camino. ¿Cuántos malos caminos hay? Innumerables. ¿Cuántos buenos caminos? Solo uno. De ahí el desequilibrio que usted mencionaba.

NEGRO: Uf. ¿Sabe lo que le digo, profesor? Que tendría que salir en la tele. Un hombre guapo como usted. ¿Que no?

BLANCO: Dejémoslo.

NEGRO: Hablo en serio. Mire, no acababa de creerme eso de que era profesor hasta que ha soltado esa parrafada.

BLANCO: Creo que se está divirtiendo a mi costa.

NEGRO: Eh, oiga, de eso nada.

BLANCO: A mí me parece que sí.

NEGRO: Le juro que no, criatura. Yo sería incapaz de decir frases como las que ha dicho antes. Estoy pasmado.

BLANCO: ¿Se puede saber por qué sigue llamándome criatura?

NEGRO: Es una cosa típica del Sur. No tiene nada de malo. Ya procuraré callármelo si le molesta.

BLANCO: No estoy seguro de saber qué significa, nada más.

NEGRO: Significa estás entre amigos. Significa deja de preocuparte por todo.

BLANCO: Eso es más fácil de decir que de hacer.

NEGRO: Sí, seguramente. Pero aquí lo único que hacemos es charlar. Solo charlar.

BLANCO: ¿Qué más?

NEGRO: Cómo que qué más.

BLANCO: ¿Alguna otra herejía?

NEGRO: ¿En este momento?

BLANCO: En este momento, sí.

NEGRO: Pues sí, pero no se lo digo.

BLANCO: ¿Por qué no?

NEGRO: Porque no. Ya no debería haberle contado lo otro.

BLANCO: ¿Por qué no?

NEGRO: Usted aquí sentado más muerto para Dios que los ángeles malos y espera que yo le proporcione otra herejía para poder agarrarse a ella como una tabla de salvación que le ayude a hacerse fuerte en su deslealtad. Pues no pienso hacerlo y no se hable más.

BLANCO: Entonces no lo haga.

NEGRO: Usted lo ha dicho.

BLANCO: Tengo que irme.

NEGRO: Cada vez que las rosquillas se ponen un poco feas le entran ganas de marcharse.

BLANCO: ¿De qué rosquillas me habla?

NEGRO: Bah, ni siquiera es eso. No es más que una pequeña discusión.

BLANCO: Sigo sin entender.

NEGRO: Lo llamamos jugar a las rosquillas cuando dos hermanos se plantan el uno delante del otro y se lían a intercambiar insultos. El primero que se cabrea, pierde.

BLANCO: ¿Y qué sentido tiene?

NEGRO: Ganar o perder. El mismo sentido que tiene todo lo demás.

BLANCO: Ah. Y gana quien consigue que el contrincante se enfade.

NEGRO: Correcto.

BLANCO: Pues no lo entiendo.

NEGRO: Ni tiene por qué, amigo. Usted es blanco.

BLANCO: Entonces, ¿por qué me lo cuenta?

NEGRO: Porque me ha preguntado.

BLANCO: O sea que si decido marcharme porque opino que se pasa un poco de la raya, pierdo yo.

NEGRO: Bueno, ya le digo que en realidad no es un concurso de insultos. Solo estamos charlando.

BLANCO: Pero es lo que usted piensa.

NEGRO: Eso sí, para qué le voy a engañar.

BLANCO: Ya. ¿Y cuánto rato tendría que quedarme aquí para poder marcharme sin perder?

NEGRO: Me lo pone usted difícil. Supongo que la mejor manera de decirlo sería que se quedara hasta que se le pasaran las ganas de marcharse.

BLANCO: Hasta que se me pasaran las ganas.

NEGRO: Eso.

BLANCO: Y entonces podría irme.

NEGRO: Claro.

El profesor se pasa una mano por la cabeza y luego se agarra la nuca, con la cabeza baja y los ojos cerrados. Levanta la vista.

BLANCO: ¿Por qué ese nombre, las rosquillas?

NEGRO: No sé.

BLANCO: ¿Qué clase de insultos?

NEGRO: Pues, por ejemplo, mentarle la madre al otro tío. Digamos que esa es una zona sensible. Puede que el otro pierda los nervios y te parta la cara, pero eso es como si dijera que es verdad lo que tú acabas de decirle sobre su madre. Es como si dijera: Tú no tendrías que saber eso de mi madre y mucho menos tendrías que haberlo dicho, cabrón, o sea que ahora mismo te parto la crisma. ¿Entiende por dónde va la cosa?

BLANCO: Me parece.

NEGRO: A mí me parece que no.

BLANCO: ¿Y esto lo hace usted con sus amigos?

NEGRO: ¿Yo? Qué va. Yo no juego a las rosquillas.

BLANCO: Dígame una cosa.

NEGRO: Hable.

BLANCO: ¿Por qué está aquí? ¿Qué saca de este tipo de vida? Parece un hombre inteligente.

NEGRO: ¿Yo? Bah, yo no soy más que un pobre negrata salido de los campos de Louisiana. Ya se lo he dicho. Esta cabezota no ha parido un solo pensamiento en toda su vida. Si no lo pone aquí yo no sé nada.

Levanta la biblia de la mesa y vuelve a dejarla donde estaba.

BLANCO: A cada momento tengo la impresión de que se está divirtiendo conmigo. No entiendo cómo puede vivir en este sitio. No entiendo cómo se puede sentir seguro.

NEGRO: Admito que no le falta razón. En lo de sentirse seguro al menos.

BLANCO: ¿Alguna vez ha impedido que alguno de esos tomara drogas?

NEGRO: No que yo sepa.

BLANCO: Entonces, ¿qué hace aquí? No lo entiendo. Es completamente inútil. Este sitio no es más que una colonia de leprosos morales.

NEGRO: Caramba, profesor. Espere, que busco el lápiz.

Finge rebuscar en el cajón de la mesa de la cocina.

BLANCO: Es lo que es.

NEGRO: No voy a dejar que se marche nunca. Le pondré ese título a mi libro.

BLANCO: ¿Qué libro?

NEGRO: *En la colonia de leprosos morales.* No veas, suena de muerte.

BLANCO: Se está burlando.

NEGRO: Usted sabe que no estoy escribiendo ningún libro.

BLANCO: Pues sigo sin entender. ¿Por qué no se va a un sitio donde pueda hacer algún bien?

NEGRO: Y no a un sitio donde el bien sea necesario.

BLANCO: Hasta Dios tiene que rendirse a veces. No hay sacerdocio en el infierno. Al menos, que yo sepa.

NEGRO: Es verdad. Ahí sí que ha dado en la diana. El sacerdocio es de cara a los vivos. Por eso cada cual es responsable de su hermano. Una vez deja de respirar, ya no hay forma de ayudarle. A partir de ahí queda en otras manos. O sea que es ahora cuando hay que cuidar de él. Y hasta si me apura controlar a qué hora toma el tren…

BLANCO: Usted se considera el cuidador de su hermano.

NEGRO: No sé si me «considero» eso.

BLANCO: Y Jesús forma parte de esta iniciativa.

NEGRO: ¿Le parece mal?

BLANCO: Y considera interesante venir a esta cloaca para salvar a gente que no tiene remedio. ¿Por qué? Antes ha dicho que él no disponía de mucho tiempo libre. ¿Para qué iba a venir aquí? ¿Qué diferencia podría haber entre un edificio moral y espiritualmente vacío y otro desocupado sin más?

NEGRO: Mm-mm. Profesor, resulta que es teólogo y yo sin enterarme.

BLANCO: Ahora se pone sarcástico.

NEGRO: No conozco esa palabra. Tranquilo, tengo los sentimientos a prueba de golpes. Me puede mirar por encima del hombro, que no me afecta.

BLANCO: Significa, creo, que no está siendo sincero. Que lo que dice no lo dice en serio. Y hay una cierta guasa.

NEGRO: Mm-mm. Le parece que lo que digo no lo digo en serio.

BLANCO: A veces. Creo que dice cosas para llamar la atención.

NEGRO: Oh. Bien, pues deje que le llame un poco la atención.

BLANCO: Adelante.

NEGRO: Ahora imagínese que le digo que si es capaz de separar las manos de la garganta de su hermano podrá tener usted vida eterna. ¿Qué le parece?

BLANCO: La vida eterna no existe. Todos morimos.

NEGRO: Pues él dijo otra cosa, amigo. Él dijo que se podría tener «vida» eterna. Vida. Quiero decir ahora. Sopesarla en la mano. Verla con sus propios ojos. ¿Sabe que despide una luz? Y tiene peso. Un poquito. Es caliente al tacto. No mucho. Y es para siempre. Y la puede tener. Ahora mismo. Hoy. Pero usted no la quiere. No la quiere porque para conseguirla tendría que sacar a su hermano del apuro. Fíjese bien, tiene que estrecharlo entre sus brazos, y no importa de qué color sea su piel o cómo huela o incluso que él no quiera que lo abracen. Y el motivo de que usted no lo haga es que el otro no se lo merece. Y sobre eso no hay discusión posible. No lo merece y punto. *(Se inclina hacia adelante, lenta y deliberadamente.)* Usted no quiere hacerlo porque no lo ve justo. ¿Me equivoco?

Silencio.

NEGRO: ¿Me equivoco?
BLANCO: Yo no creo en esas cosas que dice.
NEGRO: Haga el favor de contestar, profesor.
BLANCO: Yo no pienso en esos términos.
NEGRO: Ya lo sé. Responda.
BLANCO: Supongo que lo que dice tiene un punto de verdad.
NEGRO: Pero hasta ahí hemos llegado.
BLANCO: Exacto.
NEGRO: Muy bien. Pues me quedo con eso. Algo es algo. Aunque sean las migajas.
BLANCO: Tengo que irme, en serio.
NEGRO: Quédese, hombre. Solo un ratito. Podemos hablar de otra cosa. ¿Le gusta el béisbol? Tengo una idea. ¿Qué tal si preparo algo de comer?

BLANCO: No tengo hambre.
NEGRO: Bueno, ¿y café?
BLANCO: De acuerdo. Pero luego me marcho.
NEGRO *(levantándose)*: De acuerdo. El gran hombre ha dicho de acuerdo.

Llena el hervidor con agua del grifo y vierte el agua en la cafetera eléctrica.

NEGRO: Mire, en circunstancias normales yo no sería tan maleducado. Cómo no le voy a ofrecer nada a un hombre que viene a mi casa y se sienta a mi mesa. Pero con usted hace falta un poco de estrategia. Hay que jugar bien las cartas. No vaya a ser que se escabulla usted hacia la noche...

Usa una cuchara para pasar café de una lata a la cafetera y conecta luego la cafetera.

BLANCO: No es de noche.
NEGRO: Según de qué clase de noche estemos hablando.

Vuelve a la mesa y toma asiento.

NEGRO: Le voy a hacer una pregunta personal si no le importa.
BLANCO: No hay problema.
NEGRO: ¿Usted qué diría que le pasa, que al final resulta que no le queda más salida que el Sunset Limited?
BLANCO: No creo que me pase nada. Yo diría que la vida me ha empujado a afrontar finalmente la

verdad. Que yo sea diferente no quiere decir que esté loco.

NEGRO: ¿Diferente?

BLANCO: Sí.

NEGRO: ¿Diferente de quién?

BLANCO: De cualquiera.

NEGRO: ¿Qué me dice de la otra gente que intenta darse el finiquito?

BLANCO: ¿Qué quiere que le diga?

NEGRO: Podría ser que a ellos sí se pareciera, ¿no? Quizá son sus iguales. Lo que pasa es que no se reúnen a menudo.

BLANCO: Yo no lo veo así.

NEGRO: No lo ve así.

BLANCO: No. He estado en una terapia de grupo con gente como esa y nunca he sentido la menor afinidad con nadie.

NEGRO: ¿Y los demás profesores? No me diga que no hay cierta similitud de esa.

BLANCO *(asqueado)*: Dios mío.

NEGRO: Eso debe de ser un no.

BLANCO: Mire, yo abomino de ellos y ellos de mí.

NEGRO: Eh, espere un momento. Que no le caigan bien no quiere decir que no sea como ellos. ¿Qué palabra era esa? ¿Abominar?

BLANCO: Abominar. Sí.

NEGRO: Potente palabra, ¿eh?

BLANCO: Me temo que no tanto.

NEGRO: Bueno, ¿y cómo es que abomina de los otros profesores?

BLANCO: Ya sé lo que está pensando.

NEGRO: A ver.

BLANCO: Que abomino de ellos porque son como yo y yo abomino de mí mismo.

NEGRO *(retrepándose en la silla)*: Caray, profesor. Si yo tuviera su materia gris, la de cosas que habría podido hacer. Habría podido ser un capo de la droga o algo así. De acá para allá montado en un Rolls-Royce.

BLANCO: Otra vez sarcástico.

NEGRO: Quite, hombre. Antes no lo he sido. Permítame una pregunta.

BLANCO: Está bien.

NEGRO: ¿Toma algún tipo de medicación?

BLANCO: No.

NEGRO: ¿No han inventado una medicina para los peregrinos que esperan el Sunset Limited?

BLANCO: Para depresivos suicidas.

NEGRO: Eso.

BLANCO: Sí. Hay unas cuantas. Las he probado.

NEGRO: ¿Y qué pasó?

BLANCO: Nada.

NEGRO: No le aliviaron.

BLANCO: No. Me parece que el café está listo.

NEGRO: Ya lo sé. ¿Esos medicamentos les van bien a la mayoría de la gente?

BLANCO: A la mayoría sí.

NEGRO: Pero a usted no.

BLANCO: No, a mí no.

NEGRO: *(se levanta.)* ¿Y cómo lo interpreta?

BLANCO: No sé. ¿Cómo tendría que interpretarlo?

NEGRO: *(va a la cocina.)* No lo sé, profesor. Solo estoy mirando a ver si le encuentro por ahí algunos apoderados.

BLANCO: ¿Algunos apoderados?

NEGRO: *(desconecta la cafetera y saca tazas.)* Qué, ¿le ha gustado eso?

BLANCO: ¿Es una palabra de uso corriente en la calle?

NEGRO: No, hombre. La aprendí en la trena. Te quedas con cosas que dicen los abogados esos y luego la palabreja se va poniendo de moda. Se habla de tus apoderados. O de los de otro tío. Los apoderados de tu mujer. ¿Le gusta con leche y azúcar?

BLANCO: No. Solo.

NEGRO: Bien negro.

BLANCO: Negro, sí. ¿Y por qué debo tener apoderados?

NEGRO: Yo no he dicho que debiera tenerlos, jefe. Pensaba que igual sí y que no nos habíamos fijado bien, nada más.

Lleva la cafetera y las tazas a la mesa y sirve el café.

NEGRO: Quizá andan por ahí. A lo mejor hay más currantes terminales inmunes a la medicina. Podrían hacerse amigos.

BLANCO: ¿Currantes terminales?

NEGRO: ¿A que suena bien?

BLANCO: Sí.

NEGRO: *(se sienta.)* Nadie.

BLANCO: No. Nadie.

NEGRO: Hum.

BLANCO: No soy miembro de ese grupo. Nunca he querido serlo. Nunca lo he sido.

NEGRO: No es usted miembro.

BLANCO: No.

NEGRO: Bueno. A veces las personas no saben lo que quieren hasta que lo tienen.

BLANCO: Tal vez. Pero yo creo que saben lo que no quieren.

NEGRO: Pues no sé qué decirle, profesor. Yo juzgo por lo que veo. A veces las cosas más sencillas tienen mucha más miga de lo que pensamos. Un montón de gente esperando en el andén de una estación. Para ir al trabajo. Han hecho lo mismo cien veces, mil veces. No es más que un andén. Poca cosa más se puede decir. Pero podría ser que para uno de esos currantes que hacen el mismo trayecto cada día estar ahí al borde del andén sea algo más que esperar el tren. Podría ser incluso el borde del precipicio. El borde del universo. Está contemplando el fin de todos los días que vendrán y trazando una sombra sobre todos los días que ya pasaron. Un tipo distinto de currante, vaya. Nada que ver con el resto de los pasajeros. Años luz. Bien, ¿es así, profesor?

BLANCO: No lo sé.

NEGRO: Ya sé que no lo sabe, hombre de Dios. Ya sé que no.

Beben café.

NEGRO: ¿Usted toma el mismo metro cada día, profesor?

BLANCO: Sí.

NEGRO: ¿Y qué piensa de esas personas?

BLANCO: ¿Los pasajeros?

NEGRO: Sí.

BLANCO: Procuro no pensar en ellos para nada.

NEGRO: ¿Alguna vez les ha dirigido la palabra?

BLANCO: ¿Si les he dirigido la palabra?

NEGRO: Sí.
BLANCO: ¿Sobre qué?
NEGRO: Sobre cualquier cosa.
BLANCO: No. Dios me libre.
NEGRO: ¿Dios le libre?
BLANCO: Sí. Dios me libre.
NEGRO: ¿Alguna vez los ha insultado?
BLANCO: ¿Insultarlos?
NEGRO: Eso he dicho.
BLANCO: ¿Por qué iba a querer insultarlos?
NEGRO: Yo qué sé. ¿Sí o no?
BLANCO: Claro que no.
NEGRO: Me refiero sin que ellos le oigan.
BLANCO: No le entiendo.
NEGRO: Por lo bajini. Mentalmente. Para sus adentros.
BLANCO: ¿Por?
NEGRO: Qué sé yo. Pues porque le cortan el paso. O porque no le gusta la pinta que tienen. O cómo huelen. O lo que están haciendo.
BLANCO: Ah. Y entonces soltaría algún reniego pero en voz baja.
NEGRO: Exacto.
BLANCO: Quizá sí.
NEGRO: ¿Y usted diría que hace eso muy a menudo?
BLANCO: No creo que tenga derecho a interrogarme, ¿sabe?
NEGRO: Lo sé. ¿Muy a menudo?
BLANCO: Pues supongo que con cierta frecuencia.
NEGRO: Deme una cifra.
BLANCO: ¿Una cifra?
NEGRO: Sí, hombre. Pongamos en un día normal.
BLANCO: No tengo ni idea.

NEGRO: Venga, venga.

BLANCO: Una cifra.

NEGRO: Me van los números, ya sabe.

BLANCO: Dos o tres veces al día, calculo. Algo así. Creo.

NEGRO: Quizá más.

BLANCO: Sí, claro.

NEGRO: ¿Como cinco?

BLANCO: Es probable.

NEGRO: ¿Diez?

BLANCO: No. Eso ya sería demasiado.

NEGRO: Pero con cinco al día parece que vamos bien.

BLANCO: Sí.

NEGRO: Son mil ochocientas veinticinco. ¿Le importa que redondeemos a dos mil?

BLANCO: ¿Qué son? ¿Veces por año?

NEGRO: Sí señor.

BLANCO: ¿Dos mil? Son muchas.

NEGRO: Y que lo diga. Pero ¿la cifra es ajustada?

BLANCO: Supongo. ¿Y qué?

NEGRO: ¿Y qué? Mire, no voy a calcular la edad que tiene, pero tirando corto yo diría que lleva veinte años yendo y viniendo en tren, lo cual supone un total de cuarenta mil insultos contra tíos a los que ni siquiera conoce.

BLANCO: Ya. ¿Y?

NEGRO: No, nada. Era por si lo había pensado alguna vez. A lo mejor tiene que ver con la situación en la que ha acabado metiéndose.

BLANCO: Es solo un síntoma de problemas más graves. No me gusta la gente.

NEGRO: Pero no les haría daño.

BLANCO: Claro que no.

NEGRO: Está convencido.

BLANCO: Pues claro que lo estoy. ¿Por qué iba a hacer daño a nadie?

NEGRO: No sé. ¿Y por qué pensaba hacérselo a usted?

BLANCO: No es lo mismo.

NEGRO: ¿Está seguro?

BLANCO: Yo no soy la gente y la gente no es yo. Conozco la diferencia.

NEGRO: Mm-mm.

BLANCO: Otra vez mm-mm.

NEGRO: ¿Seguro que no tiene hambre?

BLANCO: Seguro.

NEGRO: No ha comido nada.

BLANCO: No se preocupe.

NEGRO: Veo que mira la puerta todo el rato. Eso me obliga a cambiar de estrategia.

BLANCO: No tengo hambre, en serio.

NEGRO: Una mañana con tanto ajetreo ¿y no se le ha despertado el apetito?

BLANCO: No.

NEGRO: Veo que mira a un lado y a otro. Todo está limpio, descuide. No, no diga nada. Tranquilo.

El negro retira la silla y se levanta.

NEGRO: A mí no me vendría mal un bocado. Creo que a usted tampoco.

El negro se acerca a la nevera y saca unos recipientes. Enciende el fogón, se lava las manos y se las seca con una toalla.

NEGRO: Quien comparte el pan ha dado un paso hacia el siguiente nivel de la amistad. Oí decir no sé dónde que es así en todo el mundo.

BLANCO: No digo que no.

NEGRO: Me gusta la respuesta. Viniendo de usted equivale a un «Tiene usted toda la razón» dicho por cualquier otra persona.

BLANCO: ¿Porque yo no creo en nada? ¿Por eso?

El negro ha puesto los recipientes a calentar y lleva cubiertos y servilletas a la mesa. Los coloca y se sienta.

NEGRO: El problema no es ese, me parece a mí. Yo creo que lo que le mata es lo que sí cree, no lo que no. Permítame una pregunta.

BLANCO: Adelante.

NEGRO: ¿Alguna vez piensa en Jesús?

BLANCO: Ya empezamos.

NEGRO: ¿Sí o no?

BLANCO: ¿Y si yo fuera judío?

NEGRO: Oh, ¿es que a los judíos no les dejan pensar en Jesús?

BLANCO: No es eso, sino que quizá lo ven de otra manera.

NEGRO: ¿Usted es judío?

BLANCO: No. Resulta que no lo soy.

NEGRO: Uf. Por un momento me tenía preocupado.

BLANCO: ¿Acaso no le gustan los judíos?

NEGRO *(meneando la cabeza, riendo casi)*: Me estaba quedando con usted, hombre. Tranquilo. No sé por qué disfruto tomándole el pelo, profesor, pero disfruto. Necesita usted escuchar. Bueno, o necesita creer en lo que oye. A donde quiero ir a parar (me lo ha preguntado usted antes) es que los judíos no existen. Como no existen los blancos. Ni los negros. Negratas, morenos, gente de color. No hay nada de eso. En lo más hondo de la mina donde está el oro no hay nada de eso. Solo el mineral puro, la mena. La cosa eterna. Eso que usted no cree que existe. Esa cosa que hace que la gente se quede como clavada al andén cuando llega el Sunset Limited. Incluso cuando piensan que quizá les gustaría subir. Esa cosa que hace posible impartir bendiciones y no insultos a los desconocidos. Todo es la misma cosa. Y no hay más que una. Una sola.

BLANCO: Que sería Jesús, ¿no?

NEGRO: Tengo que pensar cómo responder a eso. Una herejía más dudo que le haga daño, con las que lleva ya a cuestas. Yo diría lo siguiente. Yo le diría que eso que estamos hablando, esa cosa, es Jesús, vale, pero Jesús entendido como el oro en el fondo de la mina. Él no podía bajar a la Tierra y adoptar la forma de un hombre si esa forma no estaba hecha a su semejanza. Y si dijera que es imposible que Jesús sea todos los tíos del mundo sin que todos los tíos del mundo sean Jesús, me temo que estaría diciendo una herejía de las gordas. Pero bueno, no tan gorda como decir que un ser humano y una roca son más o menos lo mismo. Que es como yo resumiría su punto de vista.

BLANCO: No es mi punto de vista. Creo en la preponderancia del intelecto.

NEGRO: A ver esa palabreja...

BLANCO: ¿Preponderancia? Significa lo primero. Lo que uno pone en primer lugar.

NEGRO: Que para usted es eso del intelecto.

BLANCO: Sí.

NEGRO: Y la preponderancia del Sunset Limited, ¿qué?

BLANCO: Sí. También.

NEGRO: Pero no la preponderancia de toda esa gente que espera un tren nocturno.

BLANCO: No. En ese caso, no.

NEGRO: Mm-mm.

BLANCO: Mm-mm qué.

NEGRO: Es usted duro, profesor. Muy duro.

El negro se levanta y se acerca a los fogones. Baja platos y remueve los recipientes y luego sirve la cena. Coge una barra de pan blanco, pone cuatro rebanadas en un plato y lleva el plato con el pan a la mesa.

NEGRO: Sí señor. Muy duro.

El negro va a por los dos platos, los lleva a la mesa y los coloca en su sitio y toma asiento. Mira al profesor.

NEGRO: Usted se considera de los que hacen preguntas, profesor. Yo sobre eso tengo mis dudas. Pero bueno, las preguntas que se hace son solo de usted. Es su búsqueda. El camino que sigue es un camino que ha abierto usted. Y puede que con eso solo ya no necesite otro motivo para seguirlo. Mientras no se aparte de ese camino es imposible que se pierda.

BLANCO: No estoy muy seguro de entender lo que me está diciendo.

NEGRO: ¿Sabe una cosa, profesor? Que tengo muy serias dudas de que entienda usted nada de lo que digo. Voy a bendecir la mesa.

El negro coloca una mano a cada lado de su plato y baja la cabeza.

NEGRO: Señor, te damos gracias por estos alimentos y te pedimos que nos hagas siempre conscientes de los muchos dones que de ti recibimos. Te damos gracias hoy por la vida del profesor que nos has devuelto y te pedimos que sigas cuidando de él porque le necesitamos. *(Pausa.)* No me preguntes por qué le necesitamos, pero sé que es así. Amén.

El negro levanta la vista. Sonríe al profesor.

NEGRO: Bueno. Ya me dirá si le gusta.
BLANCO: Tiene buena pinta.

Empiezan a comer.

BLANCO: Está rico.

Sigue comiendo.

BLANCO: Está muy rico.
NEGRO: Y qué se pensaba, hombre. Es un guiso tradicional de los negros del Sur.
BLANCO: ¿Qué lleva? ¿Melaza?
NEGRO: Mm-mm. No me diga que es un gastrónomo de esos.
BLANCO: Pues no, la verdad.
NEGRO: Solo un poquito.
BLANCO: Un poquito, sí. Plátano, eso seguro. ¿Mangos?

NEGRO: De mangos lleva un par. Y colinabos.

BLANCO: ¿Colinabos?

NEGRO: Lo que oye. No son nada fáciles de encontrar.

BLANCO: Está muy rico.

NEGRO: Tiene que reposar un par de días. Esto lo preparé anoche. Hay que calentarlo unas cuantas veces para sacarle partido a los sabores.

BLANCO: Como el chile.

NEGRO: Exactamente, como el chile. ¿Sabe dónde aprendí a cocinar esto?

BLANCO: ¿En Louisiana?

NEGRO: Aquí mismo, en los guetos de Nueva York. Hay un montón de influencias en un plato así. Se podría decir que en ese recipiente hay muchas zonas del mundo. Diferentes países. Diferentes personas.

BLANCO: ¿Algún blanco, por casualidad?

NEGRO: No si puedo evitarlo.

BLANCO: ¿En serio?

NEGRO: Era broma, profesor, era broma. ¿Conoce a esos chefs franceses de los restaurantes caros?

BLANCO: Personalmente no.

NEGRO: ¿Sabe lo que les gusta cocinar?

BLANCO: No.

NEGRO: Mollejas. Callos. Sesos. Todo eso que nadie come. ¿Y sabe por qué?

BLANCO: ¿Porque es un reto? ¿Por la necesidad de innovar?

NEGRO: Para ser un blancucho es usted bastante listo. Un reto, sí. Los ingredientes que cocinan son baratísimos. La gente normalmente los tira. O se los da al gato. Pero los pobres nunca tiran nada.

BLANCO: Supongo que tiene razón.

NEGRO: Para preparar un buen filete no hace falta ser muy hábil. Pero ¿qué pasa si uno no puede comprar un filete de los buenos? Las ganas de comer algo rico siguen ahí. ¿Qué hace uno entonces?

BLANCO: Innovar.

NEGRO: Innovar. Exacto, profesor. ¿Y cuándo se pone uno a innovar?

BLANCO: Cuando no tiene algo que le gustaría.

NEGRO: Me va a sacar usted un sobresaliente, profesor. ¿Y a quién le pasa eso de no tener lo que le gustaría?

BLANCO: A los pobres.

NEGRO: Este hombre es increíble, me encanta. Bueno, o sea que le gusta.

BLANCO: Está muy rico.

NEGRO: Déjeme el plato.

BLANCO: Solo un poquito más.

NEGRO: Vamos, profesor. Necesita comer. Con el día ajetreado que ha tenido hoy...

El negro sirve más comida en el plato del profesor, vuelve a la mesa y se lo pone delante.

NEGRO: ¿Quiere más café?

BLANCO: Sí, muchas gracias.

Lleva la cafetera a la mesa y le sirve y deja la cafetera encima de la mesa y se sienta. Continúan comiendo.

BLANCO: ¿No cree que un vaso de vino habría ido bien con este guiso?

NEGRO: Sí, sí. Creo que habría ido bien.

BLANCO: Pero usted no se lo tomaría.
NEGRO: Oh, quizá sí. Solo un vaso.
BLANCO: Jesús bebía vino. Sus discípulos también.
NEGRO: Sí, es cierto. Eso dice la biblia. Claro que no dice nada de que escondiera el vino en el retrete.
BLANCO: ¿En serio es un escondite habitual?
NEGRO: Ya lo creo. He conocido a borrachos que levantaban la tapa del váter en los lugares más insospechados.
BLANCO: ¿Es cierto eso?
NEGRO: No. Aunque podría ocurrir. No me sorprendería pero que nada.
BLANCO: ¿Qué es lo peor que ha hecho en la vida?
NEGRO: Más anécdotas de la trena.
BLANCO: Por ejemplo.
NEGRO: ¿Qué quiere que le cuente por ejemplo?
BLANCO: Lo de darle en la cabeza a aquel hombre en la prisión ¿es lo peor que ha hecho en su vida?
NEGRO: No.
BLANCO: ¿En serio? ¿Y qué es entonces?
NEGRO: No se lo pienso decir.
BLANCO: ¿Por qué?
NEGRO: Porque se levantaría de un salto y saldría de aquí cagando leches.
BLANCO: Vaya. Tuvo que ser muy serio.
NEGRO: Bastante. Por eso no se lo quiero contar.
BLANCO: Ahora me da miedo preguntar.
NEGRO: No me fastidie.
BLANCO: ¿Se lo ha contado alguna vez a alguien?
NEGRO: Claro. No podía quitármelo de la cabeza. Puede que el alma no hable, pero el servidor del alma sí tiene voz, y si la tiene es por algún motivo. La vida del amo depende del servidor, y

hablo de un amo al que es preciso mantener a toda costa.

BLANCO: ¿A quién se lo contó?

NEGRO: Se lo conté a un pastor amigo mío.

BLANCO: Y él, ¿qué le dijo?

NEGRO: Ni una palabra.

BLANCO: Usted no tiene curiosidad por saber qué es lo más malo que he hecho yo.

NEGRO: Sí que tengo.

BLANCO: Pero no me va a preguntar qué es.

NEGRO: No me hace falta.

BLANCO: ¿Y eso?

NEGRO: Yo estaba allí y lo he visto con mis propios ojos.

BLANCO: Bueno, puede que mi opinión sea otra.

NEGRO: Puede. Claro. ¿Le apetece un poco más?

BLANCO: No. Estoy lleno.

NEGRO: Tenía más hambre de la que pensaba, ¿eh?

BLANCO: Desde luego.

NEGRO: Bien.

BLANCO: ¿Estamos poniendo a prueba su fe? ¿Esto es un examen o algo así?

NEGRO: ¿Cómo? ¿Usted?

BLANCO: Sí. Yo.

NEGRO: Qué va, profesor. No está poniendo a prueba mi fe.

BLANCO: Para usted todo es blanco o negro.

NEGRO: Porque es blanco o negro.

BLANCO: Me imagino que así es más fácil entender la vida.

NEGRO: Le sorprendería el poco tiempo que paso tratando de entender la vida.

BLANCO: Pero a Dios sí trata de entenderlo.

NEGRO: No. Solo trato de entender lo que quiere de mí.

BLANCO: Y no necesita más.

NEGRO: Si no tiene suficiente con Dios, entonces es que tiene usted un problema. Y si lo que me está diciendo es que mi manera de ver el mundo es muy limitada, vale, no se lo discutiré. Naturalmente, podría añadir que yo no estoy en ese andén vestido para saltar a la vía.

BLANCO: Sin duda.

NEGRO: Hay cantidad de cosas que se me escapan. Lo sé. Como le he dicho antes, si no lo pone en este libro es casi seguro que no lo sé. Antes de empezar a leer la biblia yo también estaba en el rollo de la preponderancia.

BLANCO: El rollo de la preponderancia.

NEGRO: Sí, hombre. No tanto como usted, pero bueno. Era bastante bobo, aunque no tan bobo que pensara que si en cuarenta años no había llegado a ninguna parte ahora por la cara iba a llegar a algún lado. Bobo, pero no tanto. Vi lo que había que pedir, ¿no?, y decidí pedirlo. Eso es todo lo que hice. No fue nada fácil. Se lo aseguro, profesor, no fue nada fácil. Yo estaba allí en el hospital hecho pedacitos y encadenado a aquella cama y se me saltaban las lágrimas de tanto que me dolía y encima pensando que si sobrevivía me iban a matar y traté de decirlo, intenté decirlo, y al cabo de un rato paré. Tal cual. Me quité de encima todo aquello y lo dije: Por favor, ayúdame, dije. Y él me ayudó.

Continúan sentados.

NEGRO: Largo silencio, ¿no?

BLANCO: Un silencio y nada más.

NEGRO: Bien. Ya ha oído mi historia, profesor. Enseguida está contada. No doy un solo paso sin Jesús. Cuando me levanto por la mañana procuro agarrarme a su cinturón. Sí que es verdad que a veces me doy cuenta de que sin querer he pasado a control manual. Pero me doy cuenta, no se crea. Me doy cuenta.

BLANCO: ¿A control manual, dice?

NEGRO: ¿Le gusta?

BLANCO: Regular.

NEGRO: A mí me parece muy bueno.

BLANCO: De modo que llega usted al cabo de la calle, admite la derrota y como está desesperado se agarra a una cosa sin sustancia, que no tiene pies ni cabeza, y decide que no va a soltarla hasta que se muera. ¿Le parece una buena descripción?

NEGRO: Es una manera de verlo, desde luego.

BLANCO: No tiene el menor sentido.

NEGRO: Vaya, diría que antes le he oído decir que en realidad nada tiene sentido en la vida. Hablábamos de la historia del mundo y ese rollo.

BLANCO: Y lo mantengo. Hablando en líneas generales. Pero lo que me está usted contando no es una visión de las cosas sino de una cosa sola. Y lo encuentro disparatado.

NEGRO: ¿Qué haría usted si Jesús le hablara?

BLANCO: ¿Por qué me lo pregunta? ¿Acaso lo cree posible?

NEGRO: No, la verdad. Pero quién sabe.

BLANCO: No soy lo bastante virtuoso.

NEGRO: Ahí se equivoca, profesor. La cosa no va de ser virtuoso. Lo único que hace falta es estar callado. No puedo hablar por boca del Señor, pero la experiencia que he tenido me hace creer que él habla al que está dispuesto a escuchar. No es necesario que sea virtuoso.

BLANCO: Mire, si yo oyera que Dios me habla entonces sí tendría usted que llevarme al manicomio de Bellevue. Tal como sugería.

NEGRO: ¿Y si tuviera sentido, lo que Dios le dice?

BLANCO: Daría lo mismo. La locura es la locura.

NEGRO: O sea que da igual que tenga sentido.

BLANCO: Sí.

NEGRO: Mm-mm. Es el caso más grave de preponderancia que he oído en mi vida. O casi.

BLANCO: Siempre he ido a mi aire. *Ich kann nicht anders.*

NEGRO: ¿Cómo ha dicho?

BLANCO: Es en alemán.

NEGRO: ¿Usted habla alemán?

BLANCO: No. Bueno, solo un poco. Es una cita.

NEGRO: Pues parece que a los alemanes no les sirvió de mucho, ¿verdad?

BLANCO: No lo sé. Los alemanes hicieron una gran aportación a la civilización. *(Pausa.)* Antes de Hitler.

NEGRO: Ya. Y luego aportaron a Hitler.

BLANCO: Como quiera.

NEGRO: Yo no tuve nada que ver.

BLANCO: Tengo la impresión de que considera usted que la cultura contribuye de algún modo a las desgracias humanas. Que cuanto más sabe uno, más probabilidades tiene de ser infeliz.

NEGRO: Como en el caso de ciertas personas que conocemos usted y yo.

BLANCO: Como en el caso.

NEGRO: Yo no creo haber dicho tal cosa. Es más, me parece que lo ha dicho usted.

BLANCO: ¿Yo? No.

NEGRO: Mm-mm. Pero lo cree, ¿a que sí?

BLANCO: No.

NEGRO: ¿No?

BLANCO: No lo sé. Puede que sea cierto.

NEGRO: Vaya, ¿y eso? No parece justo, ¿verdad?

BLANCO: Es lo primero que sale en ese libro de ahí. Hablando del Paraíso. El conocimiento como algo que destruye el espíritu. Que destruye la bondad.

NEGRO: Pensaba que no había leído el libro.

BLANCO: Esa parte la conoce todo el mundo. Probablemente es la historia más famosa de todas.

NEGRO: Ah. ¿Y por qué, profesor?

BLANCO: Imagino que desde el punto de vista de Dios todo conocimiento es vanidad. O que da a los hombres la malsana ilusión de que pueden ser más listos que el diablo.

NEGRO: Caray, profesor. ¿Dónde estaba escondido cuando yo le necesitaba?

BLANCO: Ándese con ojo. Ya ve adónde me ha llevado a mí.

NEGRO: Y que lo diga. Es el tema que nos ocupa.

BLANCO: La visión pesimista es siempre la correcta. Cuando leemos la historia de la humanidad estamos leyendo una saga de derramamiento de sangre, de codicia y de locura, cuyo alcance nadie puede ignorar. Aún así, imaginamos que el futuro será de alguna manera distinto. No tengo ni idea de cómo estamos aquí todavía, pero lo que es seguro es que no vamos a durar mucho más.

NEGRO: Todo eso que ha dicho es tremendo, profesor. Y lo cree de verdad, ¿no?

BLANCO: Sí.

NEGRO: Pues yo me puedo identificar con esos pensamientos.

BLANCO: ¿Puede?

NEGRO: Puedo, sí.

BLANCO: Eso me sorprende. ¿Qué va a hacer, pensar en ellos?

NEGRO: No, si ya he pensado. He pensado en ellos mucho tiempo. No con esas palabras tan bonitas, claro, pero por ahí, por ahí.

BLANCO: Me deja perplejo. ¿Y a qué conclusiones ha llegado?

NEGRO: A ninguna. Sigo pensando.

BLANCO: Ah. Yo no.

NEGRO: Las cosas pueden cambiar.

BLANCO: De ninguna manera.

NEGRO: A lo mejor se equivoca.

BLANCO: Yo no lo creo.

NEGRO: Pero es algo que no le ha pasado muchas veces en la vida.

BLANCO: ¿El qué?

NEGRO: Equivocarse.

BLANCO: Cuando me equivoco lo reconozco.

NEGRO: A mí me da que no.

BLANCO: Es usted dueño de opinar lo que guste.

El negro se retrepa en la silla y contempla al profesor. Alarga el brazo para coger el periódico que hay encima de la mesa y se retrepa otra vez y se ajusta las gafas.

NEGRO: Veamos. Crónica en la página tres.

Dobla ampulosamente el periódico.

NEGRO: Sí. Aquí está. Amigos del difunto afirman que no quiso escuchar ningún consejo y que alegó que pensaba ir a su aire les gustara o no.

Se ajusta las gafas.

NEGRO: Un íntimo amigo suyo *(levanta la vista)* declaró (esto está entre comillas): A ese hijoputa no se le podía decir nada. *(Levanta la vista otra vez.)* ¿Está permitido escribir eso en el periódico? ¿Hijo de puta? Mientras tanto, espectadores salpicados de sangre entrevistados en el lugar de los hechos... continúa en página cuatro.

Se humedece el pulgar, pasa la página trabajosamente y vuelve a doblar el periódico.

NEGRO: ... declararon que las últimas palabras del individuo al lanzarse contra el tren de cercanías que estaba entrando en la estación de la calle ciento cincuenta y cinco fueron: Yo tengo razón.

Deja el periódico sobre la mesa y se ajusta las gafas y mira por encima de ellas al profesor.

BLANCO: Muy gracioso.

El negro se quita las gafas y baja la cabeza y se pellizca el puente de la nariz y menea la cabeza.

NEGRO: Ay, profesor. Mm-mm. Es usted increíble.

BLANCO: Celebro que me encuentre entretenido.

NEGRO: Bueno, un poco especial sí que es.

BLANCO: Yo no me considero especial.

NEGRO: Ah, ¿no?

BLANCO: No.

NEGRO: ¿No cree que quizá mira a los otros currantes de la estación desde una cierta altura?

BLANCO: Los miro como a otros tantos ocupantes de la sima abisal en la que yo mismo me encuentro. Que ellos lo vean como otra cosa no me convierte a mí en un ser especial, digo yo.

NEGRO: Mm-mm. Ya veo por dónde va. Pero volviendo a los currantes esos, digo, los que esperan el Sunset Limited. Me da como que ellos quizá también son un poquito especiales. A ver, seguro que los viajeros diurnos están en un pozo más hondo que nosotros. Más hondo y más oscuro. No digo que estén tan hundidos como está usted, pero bastante hundidos sí.

BLANCO: ¿Y qué?

NEGRO: Pues que por qué no podrían ser sus hermanos en la desesperación y la autodestrucción. ¿No dicen que mal de muchos consuelo de tontos?

BLANCO: Le aseguro que no tengo ni idea.

NEGRO: Pues déjeme que lo intente.

BLANCO: Faltaría más.

NEGRO: A mí lo que me parece es que usted tiene mejores motivos que los demás. Me explico: a ellos lo que les pasa es que no les gusta esto, ¿vale?, pero en cambio usted sabe qué es lo que no está bien y por qué no le gusta. O sea, sus motivos son más inteligentes. Más elegantes.

BLANCO: ¿Se está riendo de mí?

NEGRO: No señor.

BLANCO: Pero piensa que lo que digo son disparates.

NEGRO: Yo no pienso eso. Hombre, tampoco le negaré que uno no se pueda atragantar de tanto decir disparates, pero creo que la cosa no va por ahí.

BLANCO: Ah. ¿Y por dónde cree que va la cosa?

NEGRO: No sé. Ahora mismo no estoy en mi elemento. Usted tiene motivos selectos y elegantes para tomar el Limited y en cambio esos otros tíos lo único que tienen es que igual no se encuentran a gusto. Bien pensado, a lo mejor hasta resulta que usted ni siquiera es tan infeliz.

BLANCO: Le parece que mi cultura me está empujando al suicidio, ¿no?

NEGRO: No quería decir eso. Solo planteaba la pregunta. Un momento. Antes de que me responda.

Coge el bloc y el lápiz y se pone a escribir afanosamente, sacando la lengua por la comisura de la boca, haciendo muecas. Todo ello a beneficio del profesor. Le mira de soslayo y sonríe. Arranca la página, la dobla y se la guarda en el bolsillo de la camisa.

NEGRO: Ya está. Cuando quiera.

BLANCO: Creo que es la cosa más absurda que he oído en mi vida.

El negro se saca del bolsillo el papel doblado y se lo tiende al profesor. Este lo abre y lee en voz alta.

BLANCO: Creo que es la cosa más absurda que he oído en mi vida. Muy listo. ¿Y con qué fin?

NEGRO: El fin no ha cambiado. El fin siempre es el mismo. Ya se lo he dicho antes y sigo buscando otra manera de decírselo. La luz está en todas partes, lo que pasa es que usted no ve más que sombra alrededor. Y la sombra es usted. Usted hace la sombra.

BLANCO: Mire, yo no tengo esa fe. Mejor lo dejamos correr.

NEGRO: ¿Y nunca se le ha ocurrido empezar de cero?

BLANCO: Sí, una vez lo intenté. Hace tiempo.

NEGRO: La fe a veces sale cuando ya no queda nada más.

BLANCO: Pero yo sí tengo algo más.

NEGRO: Bueno, pues quizá le conviene guardarlo por si acaso. Haga un pequeño intento de empezar de cero. No me refiero a empezar y punto. Eso lo hemos hecho todos. Quiero decir de cero. A ver si me explico. Si lo que usted es y lo que tiene y lo que ha hecho en la vida le ha llevado al fondo de una botella de whisky o a comprar un billete sin retorno en el Sunset Limited, no me venga con la tontería de que merece la pena o de que tiene motivos para salvar algo de eso. Ni motivos ni leches. Y le diré más: si se atreve a cerrar la puerta a todo eso sentirá frío y soledad, soplará un viento implacable. No se preocupe, son buenas señales. Usted no diga nada. Súbase el cuello de la chaqueta y siga caminando.

BLANCO: No puedo.

NEGRO: Que sí, tío.

BLANCO: No puedo.

NEGRO: ¿Quiere más café?

BLANCO: No. Gracias.

NEGRO: ¿A usted por qué le parece que la gente se suicida?

BLANCO: No lo sé. Por distintas razones.

NEGRO: Ya, pero esas distintas razones, ¿no tienen algo en común, digamos?

BLANCO: No puedo hablar por los demás. Las mías giran en torno a una pérdida gradual de la fantasía. Eso es todo. Un paulatino esclarecimiento en cuanto al carácter de la realidad. Del mundo.

NEGRO: Razones mundanas, vaya.

BLANCO: Si quiere llamarlo así...

NEGRO: Razones elegantes.

BLANCO: El calificativo es suyo.

NEGRO: Y usted no me lo discute.

El profesor se encoge de hombros.

NEGRO: De esas razones su hermano no sabe nada de nada mientras cuelga por la corbata de una cañería en el sótano. Él tiene las suyas, razones de tarado mental, pero quizá si pudiéramos enseñarle dónde conseguir otras más elegantes, él y otros como él podrían darse el finiquito con el corazón un poco más alegre. ¿Qué me dice?

BLANCO: Que ahora sí está siendo sarcástico.

NEGRO: Pues le diré que esta vez sí. Creo que al final me ha obligado a serlo.

BLANCO: Mm-mm.

NEGRO: Oh, vaya. Y ahora va el profesor y me suelta a mí un mm-mm. Tendré que andarme con ojo.

BLANCO: Más le vale. No vaya a ser que se me pasara por la cabeza ponerle chinitas en el zapato.

NEGRO: Pero sigue pensando que sus motivos tienen que ver con el mundo, con la vida, y que los del otro son solo personales.

BLANCO: Sí, probablemente es verdad.

NEGRO: Yo estoy viendo una verdad diferente. Justo delante de mí, al otro lado de esta mesa.

BLANCO: ¿Cuál?

NEGRO: Que o amas a tu hermano o mueres.

BLANCO: No sé qué significa eso. Es un mundo que no tiene nada que ver con el que yo conozco.

NEGRO: ¿Cuál es el mundo que conoce?

BLANCO: No le gustará oírlo.

NEGRO: Claro que sí.

BLANCO: No creo.

NEGRO: Pruebe.

BLANCO: Muy bien. Mi idea es que el mundo, básicamente, es un campo de trabajos forzados del que cada equis días sacan a unos cuantos internos (todos ellos completamente inocentes) a fin de ejecutarlos. No creo que eso sea solo mi manera de verlo. Creo que el mundo es así. ¿Hay otras maneras de verlo? Por supuesto que las hay. ¿Alguna que resista un examen mínimamente riguroso? No.

NEGRO: Tío.

BLANCO: Bien. ¿Quiere echar otro vistazo a ese horario de trenes?

NEGRO: Y no hay nada que hacer...

BLANCO: Nada. Los esfuerzos que la gente lleva a cabo para mejorar el mundo no hacen sino empeorarlo. Antes pensaba que había ciertas excepciones. Ahora ya no.

El negro se apoya en el respaldo y baja la vista a la mesa. Menea ligeramente la cabeza.

BLANCO: ¿De qué otra cosa quiere que hablemos?

NEGRO: No sé. A mí la verdad es que esas palabras me suenan a uno que va camino de la estación.

BLANCO: No le extrañe. Son esas palabras.

NEGRO: ¿Qué piensa de él, de ese hombre?

BLANCO: Soy como usted. No pienso. Antes sí. Ya no. Solo pienso en minimizar el dolor. Mi vida consiste en eso. No sé por qué es diferente la de los demás.

NEGRO: ¿Y no le parece que ser arrollado por un tren puede doler un poquito?

BLANCO: No. Ya hice los cálculos. A ciento diez kilómetros por hora el tren es más veloz que las neuronas. Debería ser totalmente indoloro.

NEGRO: Veo que voy a tener que cargar con usted un rato más.

BLANCO: Por mí no se moleste.

NEGRO: Dígame, ya que no le convence esta vida, ¿cómo cree que tendría que ser?

BLANCO: Ni idea. Pero así no. ¿Su vida es como usted la había previsto?

NEGRO: Nones. Tengo lo que necesito, qué más se puede pedir. Y le diré que no creo que haya mejor suerte que esa.

BLANCO: Bueno. En fin.

NEGRO: Su vida y la mía no se pueden comparar, ¿verdad?

BLANCO: Si he de ser sincero, no. No se pueden comparar.

NEGRO: Mm-mm.

BLANCO: Lo siento. Debería irme.

NEGRO: No tiene por qué irse.

BLANCO: Le he ofendido.

NEGRO: Tengo la piel más dura que un elefante, profesor. Quédese. No ha herido mis sentimientos ni nada.

BLANCO: Sé que piensa que debería estarle agradecido y lamento que no sea así.

NEGRO: Vamos, profesor, si yo no pienso eso.

BLANCO: Me marcho.

NEGRO: Lo mío es una misión imposible, ¿eh?

BLANCO: Admiro su insistencia.

NEGRO: ¿Qué puedo hacer para que se quede un rato?

BLANCO: ¿Con qué objeto? ¿Confía en que si me quedo lo suficiente tal vez Dios se dignará hablarme?

NEGRO: No. Pero a lo mejor a mí sí me habla.

BLANCO: Sé que piensa que lo mínimo que podría hacer es dedicarle unos minutos más. Sé que soy un desagradecido, pero la ingratitud para alguien en bancarrota espiritual no es un pecado tan grande como para un creyente.

NEGRO: A mí no me debe nada, profesor.

BLANCO: ¿De verdad lo piensa?

NEGRO: De verdad.

BLANCO: Usted es una buena persona. Ojalá pudiera corresponderle de algún modo, pero no hay nada que pueda hacerse. Creo que lo mejor sería decirnos adiós y así continúa usted con sus cosas.

NEGRO: No puedo.

BLANCO: ¿Que no puede?

NEGRO: No.

BLANCO: ¿Y qué quiere que haga?

NEGRO: Pues no sé. Imagine que pudiera levantarse mañana y no tener ganas de arrojarse a las vías del tren. Imagine que simplemente necesitara pedirlo. ¿Lo haría?

BLANCO: Depende de a qué tuviera que renunciar.

NEGRO: Eso lo había empezado a escribir y me lo iba a guardar en el bolsillo.

BLANCO: ¿A qué cree usted que me agarro? ¿Qué es eso que tanto aprecia el currante terminal que sería capaz de morir por ello?

NEGRO: No lo sé. No lo sé.

BLANCO: Ya.

NEGRO: No quiere seguir hablando conmigo, ¿eh?

BLANCO: Creí que tenía la piel dura como el elefante.

NEGRO: Quizá me equivoqué de animal. Es dura pero no tanto.

BLANCO: Vamos a ver: ¿por qué? ¿Por qué piensa que hay algo?

NEGRO: No sé. A mí me parece que si alguien está impaciente por que le arrolle un tren es que algo malo tiene en la cabeza. La mayoría de la gente se conformaría con, qué sé yo, un par de bofetadas. Dice que todo le da igual pero eso no me lo creo. No me creo que la muerte sea que todo se acaba y nada más. Me pregunta a qué pienso yo que se agarra y la verdad es que no lo sé. Bueno, quizá es que no sé cómo expresarlo. Y quizá usted lo sabe pero no lo quiere decir. Pero estoy seguro de que esta mañana cuando ha dado el famoso salto se estaba agarrando a eso, quería llevárselo con usted al otro mundo. Como si se agarrara a una macabra tabla de salvación. Busco las palabras, profesor. Busco las palabras porque creo que son el medio de llegar a su alma.

BLANCO: Según usted cualquiera que esté en mi situación deja de entender automáticamente el funcionamiento de su propia psique.

NEGRO: Yo solo pienso que cualquiera en su situación deja de entenderlo automáticamente todo. Pero hay más. Porque aquí seguimos hablando de que los otros, el resto de los tíos conflictivos, suben a un tren y usted a uno diferente.

BLANCO: Yo no he dicho tal cosa.

NEGRO: ¿Que no? Hay un tren para esos blancuchos tontos del culo que se sienten mal y nada más y luego hay un tren especial para usted porque resulta que su dolor y el del mundo son el mismo dolor y ese tren tiene que tener coche panorámico y vagón restaurante.

BLANCO: Bueno, piense lo que quiera. No necesita que yo esté de acuerdo.

NEGRO: Ya, pero esa no es forma de poner chinitas en el zapato.

BLANCO: Bien, parece que nuestro querido zapato ha adoptado la forma de una suerte de desdicha comunitaria donde la salvación consiste en confraternizar con los que aborrece.

NEGRO: Caray, profesor. Ahora sí que me está poniendo una china. ¿De dónde saca esas paridas si se puede saber?

BLANCO: La frase estaba especialmente pensada para usted. Para su disfrute. ¿Se da cuenta de lo cabrón que soy?

NEGRO: No es ningún cabrón. Es un tío inteligente. Demasiado inteligente para mí.

BLANCO: Tengo la impresión de que la chinita se va haciendo más grande...

NEGRO: Ojalá supiera yo cómo.

BLANCO: ¿En serio cree que soy demasiado inteligente para usted?

NEGRO: Sí. Usted es capaz de machacarse a sí mismo por arriba y por abajo y por todos lados, o sea que no tengo muchas posibilidades.

BLANCO: Entiendo.

NEGRO: Lo que necesito es ganar tiempo de alguna forma. El problema es que no sé cómo.

BLANCO: No sabe qué ofrecerle a un hombre que se dispone a subir al Limited.

NEGRO: No. No sé. Me he quedado casi sin recursos.

BLANCO: Tal vez. ¿Ha tenido tratos con algún suicida?

NEGRO: No. Usted es el primero. Los yonquis y demás ni siquiera piensan en el suicidio. Qué digo, seguramente no sabrían ni de qué les habla. Se despiertan con dolores cada día, dolores de verdad, pero a esos no se les ocurre ir a la estación. Ya sé que me dirá, bueno, ellos se meten algo y se les pasa el dolor. Solo tienen que buscarse un poco la vida por ahí para conseguir un pico. Y yo le aceptaría ese razonamiento. Pero la pregunta sigue en pie. ¿Qué es exactamente ese dolor que hace que los que toman el tren rápido se arrimen al quiosco de la muerte? ¿De qué clase de dolor estamos hablando? Yo diría que si es por no poder soportar la pena por lo que la gente se suicida haría falta un montón de mano de obra para enterrarlos a todos al atardecer. O sea que vuelvo otra vez a lo mismo. Si no es lo que perdió lo que no puede aguantar entonces quizá es lo que no está dispuesto a perder de ninguna manera. Antes la muerte que renunciar a eso.

BLANCO: Si uno muere, renuncia.

NEGRO: No señor. Porque ya no está aquí.

BLANCO: Bien, pues no puedo ayudarle. El caso es que al final he decidido mandarlo todo a rodar. Llegar ahí me costó mucho trabajo y la única cosa a la que no estaría dispuesto a renunciar es exactamente esa.

NEGRO: ¿Le importa decirlo en otras palabras?

BLANCO: A lo único que no renunciaré es a renunciar, a abandonar. Espero que eso me ayude a sobrellevarlo. Dependo de ello. Las cosas en las que creía eran muy frágiles. Lo he dicho antes. No durarán mucho, como tampoco yo duraré, pero no creo que ese sea el motivo de mi decisión. Yo creo que va más allá. A la pérdida se puede uno aclimatar. No queda más remedio. Mire, a usted le gusta la música, ¿no?

NEGRO: Sí.

BLANCO: ¿Cuál es el mejor compositor que conoce?

NEGRO: John Coltrane. Sin discusión.

BLANCO: ¿Cree que su música perdurará eternamente?

NEGRO: Bueno, eternamente es mucho tiempo, profesor. O sea que responderé que no.

BLANCO: Sin embargo eso no le resta un ápice de su valor.

NEGRO: Desde luego.

BLANCO: Uno renuncia al mundo poco a poco. Estoicamente. Y de repente un día se da cuenta de que ese coraje es una farsa. No significa nada. Se convierte uno en cómplice de su propio aniquilamiento y eso es todo lo que hay. Cualquier cosa que uno haga cierra alguna de las puertas que tenemos delante. Hasta que al final solo queda una puerta.

NEGRO: Lo pinta muy negro, profesor.

BLANCO: Sí.

NEGRO: ¿Qué es lo peor que le ha pasado en la vida?

BLANCO: Que un emisario de Jesús me sacara por la fuerza del andén de una estación.

NEGRO: Hablo en serio.

BLANCO: Y yo.

NEGRO: Me refiero antes de hoy. ¿Qué ha sido lo peor?

BLANCO: No lo sé.

NEGRO: De acuerdo, fingiremos que no lo sabe. Pero dígame, ¿cree que fue algo suyo, personal, o algo relacionado con una persona cercana a usted?

BLANCO: Seguramente lo segundo.

NEGRO: Sí, seguramente. ¿Y eso no le dice algo?

BLANCO: Claro. Que más vale no tener a nadie cerca.

NEGRO: Qué difícil me lo pone.

BLANCO: ¿Cómo si no me iba a ganar su afecto?

NEGRO: Es verdad. Bueno, probemos de otra manera. Yo no creo que el mundo pueda ser mejor que lo que cada cual le deje que sea. Viviendo en ese estado de pesimismo, dudo que vaya a haber muchas sorpresas por el lado bueno.

BLANCO: En eso le doy toda la razón.

NEGRO: Aleluya. Mira lo que ha dicho el profesor.

BLANCO: Pero me resulta imposible creer en un mundo de excelencia cuando yo ya sé que no existe.

NEGRO: Un mundo de excelencia.

BLANCO: Sí.

NEGRO: Vaya, eso me ha gustado. Un mundo de excelencia.

BLANCO: ¿Usted cree realmente en un mundo así?

NEGRO: Desde luego, profesor. Desde luego. Yo pienso que está ahí a nuestra disposición. Hay que ponerse a la cola buena. Comprar el billete adecuado. Tomar el tren normal y dejarse de expresos. Esperar junto con los demás en el andén. Si hace falta, saludar a este o al otro con la cabeza. O hasta decirle hola. Ahí todo quisque es un viajero. Y los hay que han vivido cosas que la mayoría del personal no quiere ver ni en pintura. Ellos tampoco querían. Puede que hasta le cuenten cómo era aquello y así se ahorra usted un viajecito. Seguro que lo agradecería.

BLANCO: Ya. Pero eso no va a pasar.

NEGRO: ¿Por qué no?

BLANCO: Porque yo no creo en ese mundo. Yo solo quiero tomar el tren. Mire, es mejor que me vaya.

NEGRO: ¿No quiere un poco más de café?

BLANCO: Gracias pero no.

NEGRO: ¿Qué puedo hacer?

BLANCO: Quizá debería usted aceptar que esto le supera.

NEGRO: No, si ya lo acepto. Pero eso no me saca del aprieto.

BLANCO: Usted se cree que no lo entiendo. Pero no sé si le gustaría oír las cosas que sí entiendo.

NEGRO: Póngame a prueba.

BLANCO: Es posible que le afecte.

NEGRO: No será la primera vez que me pasa.

BLANCO: Es peor de lo que imagina.

NEGRO: Bueno.
BLANCO: No le va a gustar nada.
NEGRO: Adelante. No tengo otra alternativa.

El profesor se retrepa en la silla y mira detenidamente al negro.

BLANCO: De acuerdo. Puede que tenga razón. Bien, reverendo, he aquí la noticia. Yo anhelo la oscuridad. Ruego para que venga la muerte. La muerte real. Si pensara que una vez muerto iba a encontrarme con toda la gente que he conocido en vida, no sé lo que haría. Para mí sería el colmo de la tortura. La desesperación suprema. ¿Encontrarme allí a mi madre y tener que empezar otra vez toda la historia pero sin la perspectiva de una muerte a la que aspirar...? Bueno, eso sería ya la pesadilla final. Puro Kafka.

NEGRO: Caray, profesor. ¿Dice que no quiere ver a su propia madre?

BLANCO: Lo digo y lo repito: no. Le he advertido que esto iba a afectarle. Quiero que los muertos estén muertos. Para siempre. Y yo quiero ser un muerto más. Pero, claro, eso está descartado. Uno no puede formar parte de «los muertos» porque una colectividad es un conjunto de cosas con existencia y un muerto no existe por definición. Mi espíritu se ilusiona solo de pensarlo. Silencio cósmico. Negrura. Soledad. Paz. Y todo ello tan a mano.

NEGRO: Caray, profesor.

BLANCO: Déjeme terminar. Yo no entiendo mi estado de ánimo como una visión del mundo pesimista. Lo entiendo como lo que es el mundo. La evolución no puede impedir que la vida inteligente acabe a la larga siendo consciente de una cosa por encima de todas las demás, y esa cosa es la futilidad.

NEGRO: Mm-mm. Si no me he hecho un lío está diciendo que todo el que no sea supertonto del culo debería ser un suicida.

BLANCO: Sí.

NEGRO: ¿No se está quedando conmigo?

BLANCO: No. Se lo aseguro. Si la gente viera el mundo como lo que es. Si viera lo que la vida es realmente. Sin sueños y sin ilusiones. Dudo mucho que nadie pudiera aportar una sola razón para no elegir la muerte lo antes posible.

NEGRO: Caray, profesor.

BLANCO *(secamente)*: Yo no creo en Dios. ¿Tan difícil es de entender? Mire a su alrededor, hombre. ¿Es que no lo ve? El griterío de los que sufren lo indecible debe de ser para él el más agradable de los sonidos. Y detesto estas discusiones. Lo del ateo de la aldea cuya sola pasión es vilipendiar sin descanso aquello cuya existencia niega de entrada. Ese compañerismo, esa hermandad que usted defiende es una hermandad de dolor y punto. Y si ese dolor fuese colectivo de verdad y no meramente reiterativo, su propio peso arrancaría el mundo de los muros del universo y lo lanzaría en llamas a través de la noche que aún pueda ser capaz de engendrar hasta que no quedase de él ni ceniza siquiera. ¿La justicia? ¿La fraternidad? ¿La vida eterna? No me fastidie, hombre. Dígame una religión que prepare al hombre para la muerte.

Para la nada. A esa secta quizá sí me apuntaría. Su religión lo cifra todo en más vida. Más sueños, ilusiones, mentiras. Si fuera posible proscribir el miedo a la muerte de los corazones humanos, la gente no viviría ni veinticuatro horas. ¿Quién iba a querer esta pesadilla a no ser por miedo al día siguiente? Sobre cada alegría humana pende la sombra del hacha. Todo camino acaba en la muerte. Peor aún. Toda amistad. Todo amor. Tormento, traición, pérdida, sufrimiento, dolor, vejez, humillación, enfermedad horrenda y prolongada. Y todo ello con un solo final. Para usted como para todas las personas y todas las cosas que ha elegido querer. Ahí está la auténtica fraternidad. Miembros vitalicios, del primero al último. Dice que mi hermano es mi salvación. ¿Mi salvación? Pues que le den. Que le den por todos lados y de todas las maneras. ¿Me veo reflejado en él? Sí. Es verdad. Y lo que veo me repugna. ¿Entiende lo que quiero decir? ¿Puede usted entenderlo?

El negro sigue sentado con la cabeza gacha.

BLANCO: Perdone.
NEGRO: Da igual.
BLANCO: No. Lo siento.

El negro levanta la vista y le mira.

NEGRO: ¿Hace mucho que se siente así?
BLANCO: Toda la vida.
NEGRO: Y esa es la verdad.
BLANCO: Peor aún.

NEGRO: No me imagino qué puede ser peor que eso.

BLANCO: La rabia es solo para los días buenos. La verdad es que ya me queda poca. La verdad es que lo que veo se ha ido vaciando lentamente hasta perder toda forma. Ya no tiene nada en su interior. Tren, pared, mundo. O un ser humano. Un objeto que se menea con movimientos estúpidos en un vacío inhóspito. Una cosa cuya vida carece de significado. Lo mismo que sus palabras. ¿Para qué iba a buscar yo la compañía de semejante cosa?

NEGRO: Caray.

BLANCO: Ya ve qué clase de bicho ha salvado.

NEGRO: Intentado salvar, nada más. Y lo sigo intentando. Con todas mis fuerzas.

BLANCO: Sí.

NEGRO: Alguien que es mi hermano.

BLANCO: ¿Su hermano?

NEGRO: Sí.

BLANCO: ¿Por eso estoy aquí, en este piso?

NEGRO: No. Pero yo sí.

BLANCO: Me preguntaba de qué soy profesor. Bien, yo profeso la oscuridad. Esa noche disfrazada de día. Y ahora, le deseo lo mejor pero debo irme.

Empuja la silla hacia atrás y se pone de pie.

NEGRO: Quédese. Un par de minutos más.

BLANCO: No. Se acabó el tiempo. Adiós.

Se vuelve hacia la puerta y el negro se levanta.

NEGRO: Vamos, profesor. Hablaremos de otra cosa. Se lo prometo.

BLANCO: No quiero hablar de otra cosa.

NEGRO: No vaya a la estación. Ya sabe lo que hay allí.

BLANCO: Y que lo diga. Lo sé perfectamente. Sé qué hay allí y sé quién hay allí. Corro a acariciar su cara huesuda. Seguro que le sorprenderá ver que alguien lo aprecia tanto. Y colgado de su cuello le susurraré al oído, a su viejísimo y reseco oído: Aquí estoy. Aquí me tienes. Abre la puerta.

NEGRO: No lo haga, profesor.

BLANCO: Lo siento. Es usted una buena persona, pero tengo que irme. He escuchado cuanto tenía que decirme y usted me ha escuchado a mí. Ese Dios suyo tuvo ante él un cúmulo de infinitas posibilidades y esto es lo que sacó en limpio. Este es el resultado. Ahora la cosa toca a su fin. Dice que quiero el amor de Dios. No es así. Tal vez quiera el perdón, pero no hay nadie a quien pedirlo. Y no hay vuelta atrás. No se pueden arreglar las cosas. Quizá en otro tiempo. Ya no. Solo queda la esperanza del vacío. De la nada. Yo me aferro a esa esperanza. Ábrame la puerta. Por favor.

NEGRO: No lo haga.

BLANCO: Abra la puerta.

El negro quita la cadena de seguridad y la cadena cae al suelo con estrépito. Abre la puerta y el profesor sale. El negro se queda mirando el pasillo desde el umbral.

NEGRO: ¡Profesor! Sé que todo eso no lo ha dicho en serio. ¡Profesor! Voy a estar allí mañana por la mañana. ¿Me oye? Estaré allí mañana por la mañana.

Cae de hinojos, está al borde de las lágrimas.

NEGRO: Estaré allí.

Alza los ojos.

NEGRO: El profesor no hablaba en serio. Tú sabes que no. Tú sabes que no. No entiendo para qué me enviaste al andén. Es que no lo entiendo. Si querías que le ayudara, ¿cómo es que no me diste las palabras? A él se las diste. Y yo ¿qué?

De rodillas, llora meciéndose adelante y atrás.

NEGRO: Está bien. No pasa nada. Aunque no me vuelvas a hablar nunca más, sabes que yo guardaré tu palabra. Tranquilo. Sabes que me lo monto bien.

Levanta la cabeza.

NEGRO: ¿Qué me dices, eh? ¿Qué me dices?

ÚLTIMOS TÍTULOS PUBLICADOS

Ahora imagino cosas, Julián Herbet
Absolutamente todo, Rubén Orozco
El pasajero / Stella Maris, Cormac McCarthy
Sexografías, Gabriela Wiener
El hombre que lo vio todo, Deborah Levy
El coronel no tiene quien le escriba (edición ilustrada), Gabriel García Márquez
Sarmiento, Martín Caparrós
Un crimen japonés, Daniel Guebel
Apocalipsis bebé, Despentes
Algo ha pasado, Joseph Heller
O lo uno o lo otro, Elif Batuman
Verbolario, Rodrigo Cortés
Autobiografía del algodón, Cristina Rivera Garza
Plantéate esto, Chuck Palahniuk
Justo antes del final, Emiliano Monge
Idaho, Emily Ruskovich
El resto del mundo rima, Carolina Bello
La ciudad de los vivos, Nicola Lagioia
El mundo inconmensurable, William Atkins
Utopia Avenue, David Mitchell
Obra imprescindible, Susan Sontag
La estirpe, Carla Maliandi
Animales luminosos, Jeremías Gamboa
De donde soy, Joan Didion
El Todo, Dave Eggers

El libro de Aisha, Sylvia Aguilar Zéleny
El último hombre blanco, Nuria Labari
El hombre que se enamoró de la luna, Tom Spanbauer
El aire que me falta, Luis Schwarcz
El hombre amansado, Horacio Castellanos Moya
Pánico, James Ellroy
Memorias del Condado de Hecate, Edmund Wilson
El cementerio azul, Gonzalo Suárez
La Linterna de Papel, Will Burns
Las noches de la peste, Orhan Pamuk
La muerte de Francis Bacon, Max Porter
Mis últimas palabras, Santiago H. Amigorena
Obra imprescindible, Susan Sontag
Mamut, Eva Baltasar
El jardinero, el escultor y el fugitivo, César Aira
El hombre rebelde, Albert Camus
La bajamar, Aroa Moreno Durán
El factor Borges, Alan Pauls
El Sueño Chino, Ma Jian
La ciudad de los vivos, Nicola Lagioia
Melvill, Rodrigo, Fresán
Una casa propia, Deborah Levy
Cocido y violonchelo, Mercedes Cebrián
Fiebre, Jonathan Bazzi
Para aquella que está esperándome sentada en la oscuridad, António Lobo Antunes
El viento que arrasa, Selva Almada
La señora Potter no es exactamente Santa Claus, Laura Fernández
Lxs niñxs de oro de la alquimia sexual, Tilsa Otta
La felicidad del lobo, Paolo Cognetti
La revolución a dedo, Cynthia Rimsky
La tierra de la gran promesa, Juan Villoro
Lo que quiero decir, Joan Didion
Zona ciega, Lina Meruane
El instituto Topeka, Ben Lerner
Huaco retrato, Gabriela Wiener

La ola que lee, César Aira
Existiríamos el mar, Belén Gopegui
Sobre la noche el cielo y al final el mar, Raúl Zurita
Tejer la oscuridad, Emiliano Monge
Dónde estás, mundo bello, Sally Rooney
La muerte del hipster, Daniel Gascón
Ñamérica, Martín Caparrós
Katerina, James Frey
El vínculo más fuerte, Kent Haruf
Ghachar Ghochar, Vivek Shanbhag
Los años extraordinarios, Rodrigo Cortés
Mejor el fuego, José Carlos Yrigoyen
El invencible verano de Liliana, Cristina Rivera Garza
Gabo y Mercedes: una despedida, Rodrigo García
De la oscuridad, una luz resplandeciente, Petina Gappah
Guayacanal, William Ospina
Lo que falta de noche, Laurent Petitmangin
Estrella madre, Giuseppe Caputo
Pureza, Garth Greenwell
Fármaco, Almudena Sánchez
Mi hermano, Daniel Pennac
Sobre el duelo, Chimamanda Ngozi Adichie
La mitad fantasma, Alan Pauls
La muerte de Murat Idrissi, Tommy Wieringa
Mugre rosa, Fernanda Trías
La mitad evanescente, Brit Bennett
Roque Dalton: correspondencia clandestina, Horacio Castellanos Moya
Esa gente, Chico Buarque
El Hambre, Martín Caparrós
Un día en la vida de Dios, Martín Caparrós
Ladrilleros, Selva Almada
Nunca serás un verdadero Gondra, Borja Ortiz de Gondra
Sed, Marie-Claire Blais
El Día del Ajuste, Chuck Palahniuk
No es un río, Selva Almada

Esta tierra es nuestra tierra, Suketu Mehta
Páradais, Fernanda Melchor
El extranjero, Albert Camus
El mito de Sísifo, Albert Camus
Ciudad sumergida, Marta Barone
Hombres que caminan solos, José Ignacio Carnero
Camino a Macondo, Gabriel García Márquez
El banquete anual de la Cofradía de Sepultureros, Mathias Enard
Nicanor Parra, rey y mendigo, Rafael Gumucio
Adiós a la revolución, Francisco Ángeles
Tercer acto, Félix de Azúa
La diabla en el espejo, Horacio Castellanos Moya
Los años invisibles, Rodrigo Hasbún
Los chicos de la Nickel, Colson Whitehead
Retratos de infancia, J.M. Coetzee
Bajo el volcán, Malcolm Lowry
Mil de fiebre, Juan Andrés Ferreira
Autobiografía, José Luís Peixoto
Cherry, Nico Walker
La ilusión de los mamíferos, Julián López
Un hipster en la España vacía, Daniel Gascón
El gueto interior, Santiago H. Amigorena
Esto es placer, Mary Gaitskill
Ser Rojo, Javier Argüello
Blanco, Bret Easton Ellis
Boulder, Eva Baltasar
Sinfín, Martín Caparrós
Un lugar en el mapa, Shaun Prescott
Relatos reales, Javier Cercas
Fulgentius, César Aira
Bajotierra, Robert Macfarlane
¿Será que soy feminista?, Alma Guillermoprieto
Todo lo que no puedo decir, Emilie Pine
Nino en la noche, Capucine y Simon Johannin
La encargada de vestuario, Patrick McGrath
Lanny, Max Porter

Todo esto existe, Íñigo Redondo
El diablo a todas horas, Donald Ray Pollock
De la naturaleza de los dioses, António Lobo Antunes
La vida descalzo, Alan Pauls
La mirada inconformista, Manuel Vázquez Montalbán
Trampa 22, Joseph Heller
Maelstrom, Sigrid Rausing
Ella pisó la Luna, Belén Gopegui
Mary Ventura y el noveno reino, Sylvia Plath
La campana de cristal, Sylvia Plath
La parte recordada, Rodrigo Fresán
Gente normal, Sally Rooney
Su último deseo, Joan Didion
Las doce y veinte de la noche, Daniel Galera
Mujeres que matan, Alberto Barrera Tyszka
Un corazón demasiado grande, Eider Rodríguez
Esta tormenta, James Ellroy
De algunos animales, Rafael Sánchez Ferlosio
El coste de vivir, Deborah Levy
Sin llegar nunca a la cumbre, Paolo Cognetti
La idiota, Elif Batuman
Envejece un perro tras los cristales, Horacio Castellanos Moya
La muerte de Jesús, J.M. Coetzee
No contar todo, Emiliano Monge
La musa intrusa, Gonzalo Suárez
Cosas que no quiero saber, Deborah Levy
Candidato, Antonio J. Rodríguez
El inquilino, Javier Cercas
Bienvenidos a Welcome, Laura Fernández
Debut, Christina Rosenvinge
Bendición, Kent Haruf
El monje de Moka, Dave Eggers
La mejor madre del mundo, Nuria Labari
Diez novelas de César Aira, César Aira
Ideario Aira, Ariel Magnus
Tyll, Daniel Kehlmann

El viejo y la pistola, David Grann
El blues de Beale Street, James Baldwin
La isla de los conejos, Elvira Navarro
Los asesinos de la luna, David Grann
Anatomía de un jugador, Jonathan Lethem
Los salvajes. Hermanos, enemigos, Sabri Louatah
Tres cuentos, J.M. Coetzee
Cuentos, Gabriel García Márquez
Permafrost, Eva Baltasar
La Ciudad perdida del dios mono, Douglas Preston
Kentukis, Samanta Schweblin
Sur y Oeste, Joan Didion
¿Por qué escribir?, Philip Roth
Asesinato en el Parque Sinaloa, Elmer Mendoza
Los salvajes. Una boda francesa, Sabri Louatah
Una separación, Katie Kitamura
Invéntate algo, Chuck Palahniuk
Roedores. Cuerpo de embarazada sin embrión, Paula Bonet
Hacia tierras lejanas, Robert L. Stevenson
Lo que te pertenece, Garth Greenwell
El escándalo del siglo, Gabriel García Márquez
La diáspora, Horacio Castellanos Moya
Conversaciones entre amigos, Sally Rooney
Diarios, John Cheever
Al final de la tarde, Kent Haruf
El favor de la sirena, Denis Johnson
Siete cuentos Morales, J.M. Coetzee
El caso Malaussene. Me mintieron, Daniel Pennac
El asco, Horacio Castellanos Moya
Prins, César Aira
El mundo perdido, Arthur Conan Doyle
El peligro de la historia única, Chimamanda Ngozi Adichie
Los revolucionarios lo intentan de nuevo, Mauro Javier Cárdenas
La mujer del pelo rojo, Orhan Pamuk
Las ocho montañas, Paolo Cognetti
Contra los hijos, Lina Meruane

El otro Hollywood, Eve Babitz
La escala de los mapas, Belén Gopegui
Declaración, Susan Sontag
Moronga, Horacio Castellanos Moya
Nadie es más de aquí que tú, Miranda July
Vernon Subutex 3, Virginie Despentes
Teoría King Kong, Virginie Despentes
Lo que está y no se usa nos fulminará, Patricio Pron
Cartas, John Cheever
Cuentos, John Cheever
Mis rincones oscuros, James Ellroy
Estambul, Orhan Pamuk
Páginas escogidas, Rafael Sánchez Ferlosio
Evasión y otros ensayos, César Aira
Pájaros en la boca y otros cuentos, Samanta Schweblin
Jazz blanco, James Ellroy
La canción de la llanura, Kent Haruf
Historia argentina, Rodrigo Fresán
Héroes de la frontera, Dave Eggers
La casa del callejón, David Mitchell
Quédate este día y esta noche conmigo, Belén Gopegui
El coloso de Nueva York, Colson Whitehead
El ferrocarril subterráneo, Colson Whitehead
La mirada de los peces, Sergio del Molino
El móvil, Javier Cercas
Arenas Blancas, Geoff Dyer
La Quimera del Hombre Tanque, Víctor Sombra
Un reino de olivos y ceniza, VV.AA.
Connerland, Laura Fernández
No es medianoche quien quiere, António Lobo Antunes
En tu vientre, José Luís Peixoto
Z, la ciudad perdida, David Grann
Vidas perfectas, Antonio J. Rodríguez
La Habana en un espejo, Alma Guillermoprieto
Adiós a casi todo, Salvador Pániker
Cien años de soledad (edición ilustrada), Gabriel García Márquez

El libro de los espejos, E. O. Chirovici
El banquete celestial, Donald Ray Pollock
Knockemstiff, Donald Ray Pollock
La parte soñada, Rodrigo Fresán
El mago, César Aira
Cumpleaños, César Aira
Los días de Jesús en la escuela, J. M. Coetzee
El libro de los peces de William Gould, Richard Flanagan
La vida secreta de las ciudades, Suketu Mehta
El monarca de las sombras, Javier Cercas
La sombra de la montaña, Gregory David Roberts
Aunque caminen por el valle de la muerte, Álvaro Colomer
Vernon Subutex 2, Virginie Despentes
Según venga el juego, Joan Didion
El valle del óxido, Philipp Meyer
Industrias y andanzas de Alfanhuí, Rafael Sánchez Ferlosio
Acuario, David Vann
Nosotros en la noche, Kent Haruf
Galveias, Jose Luís Peixoto
Portátil, David Foster Wallace
Born to Run, Bruce Springsteen
Los últimos días de Adelaida García Morales, Elvira Navarro
Zona, Mathias Enard
Brújula, Mathias Enard
Titanes del coco, Fabián Casas
El último vuelo de Poxl West, Daniel Torday
Los monstruos que ríen, Denis Johnson
Besar al detective, Elmer Mendoza
El tenis como experiencia religiosa, David Foster Wallace
Venon Subutex 1, Virginie Despentes
Sudor, Alberto Fuguet
Relojes de hueso, David Mitchell
Eres Hermosa, Chuck Palahniuk
Las manos de los maestros. Ensayos selectos I, J. M. Coetzee
Las manos de los maestros. Ensayos selectos II, J. M. Coetzee
Guardar las formas, Alberto Olmos

El principio, Jérôme Ferrari
Ciudad en llamas, Garth Risk Hallberg
No derrames tus lágrimas por nadie que viva en estas calles, Patricio Pron
El camino estrecho al norte profundo, Richard Flanagan
El punto ciego, Javier Cercas
Roth desencadenado, Claudia Roth Pierpoint
Sin palabras, Edward St. Aubyn
Sobre el arte contemporáneo / En la Habana, César Aira
Los impunes, Richard Price
Fosa común, Javier Pastor
El hijo, Philipp Meyer
Diario del anciano averiado, Salvador Pániker
De viaje por Europa del Este, Gabriel García Márquez
Milagro en Haití, Rafael Gumucio
El primer hombre malo, Miranda July
Cocodrilo, David Vann
Todos deberíamos ser feministas, Chimamanda Ngozi Adichie
Los desposeídos, Szilárd Borbély
Comisión de las Lágrimas, António Lobo Antunes
Una sensación extraña, Orhan Pamuk
El Automóvil Club de Egipto, Alaa al-Aswany
El santo, César Aira
Personae, Sergio De La Pava
El buen relato, J. M. Coetzee y Arabella Kurtz
Yo te quise más, Tom Spanbauer
Los afectos, Rodrigo Hasbún
El año del verano que nunca llegó, William Ospina
Soldados de Salamina, Javier Cercas
Nuevo destino, Phil Klay
Cuando te envuelvan las llamas, David Sedaris
Campo de retamas, Rafael Sánchez Ferlosio
Maldita, Chuck Palahniuk
El 6º continente, Daniel Pennac
Génesis, Félix de Azúa
Perfidia, James Ellroy